致青春——“青春诗会”40年

陆

第一卷（第一届—第五届）
第二卷（第六届—第十届）
第三卷（第十一届—第十五届）
第四卷（第十六届—第十九届）
第五卷（第二十届—第二十三届）
第六卷（第二十四届—第二十七届）
第七卷（第二十八届—第三十二届）
第八卷（第三十三届—第三十六届）

《诗刊》社 编

中国书籍出版社
China Book Press

图书在版编目（CIP）数据

致青春：“青春诗会”40年：全八卷. 第六卷 /《诗刊》社编. — 北京：中国书籍出版社, 2021.5

ISBN 978-7-5068-8464-8

Ⅰ. ①致… Ⅱ. ①诗… Ⅲ. ①诗集－中国－当代 Ⅳ. ①I227

中国版本图书馆CIP数据核字（2021）第076457号

致青春——“青春诗会”40年：全八卷·第六卷

《诗刊》社 编

图书策划 王晓笛 武 斌
责任编辑 尹 浩
特约编辑 罗路晗
责任印制 孙马飞 马 芝
装帧设计 旺忘望
出版发行 中国书籍出版社
地 址 北京市丰台区三路居路97号（邮编：100073）
电 话 （010）52257143（总编室） （010）52257140（发行部）
电子邮箱 eo@chinabp.com.cn
经 销 全国新华书店
印 刷 三河市华东印刷有限公司
开 本 880毫米×1230毫米 1/32
字 数 245千字
印 张 7.75
版 次 2021年5月第1版
印 次 2021年5月第1次印刷
书 号 ISBN 978-7-5068-8464-8
定 价 480.00元（全八卷）

目录

第二十四届

第二十五届

第二十六届

第二十七届

青春诗会

第二十四届

2008

第二十四届（2008年）

时间：

2008年11月14日～18日

地点：

湖南岳阳南湖宾馆

指导老师：

李小雨、王燕生、林　莽、周所同、杨志学、谢建平、唐　力、蓝　野等

参会学员（23人）：

程　鹏、黄金明、金铃子、苏　黎、李满强、鲁　克、韩玉光、郭晓琦、周　野、阎　志、杨　方、张怀帆、蔡书清、刘克胤、林　莉、天　界、张作梗、陈人杰、张红兵、李　辉、刘　涛、王文海、王妍丁

第二十四届“青春诗会”学员合影。前排左起：刘克胤、张红兵、苏黎、杨方、王妍丁、金铃子、林莉、李满强、鲁克；后排左起：张怀帆、郭晓琦、韩玉光、李辉、刘涛、蔡书清、张作梗、天界、阎志、黄金明、陈人杰、程鹏、周野、王文海。2008年11月16日摄于岳阳楼

诗人档案

程鹏（1980~　），重庆开县人。在《打工诗人》《诗刊》《中国作家》《作品》等刊物发表作品。2008年参加《诗刊》社第二十四届“青春诗会”。获第四届深圳网络拉力赛非虚构二等奖。散文集《在大地上居无定所》获深圳第九届青年文学奖，《一个村庄主要由三个人构成》组诗获得中国诗歌学会原创诗歌奖，散文《诗意的栖居》获首届“孙犁散文奖”。

冲凉歌

程　鹏

数九寒冬里冲凉，对着水龙头唱着歌
do！他浑身哆嗦，牙齿冷得发颤
被钢筋砸断的手指冻成了弯钩

数九寒冬里冲凉，对着水龙头唱着歌
re！他浑身起鸡皮疙瘩，嘴皮冷得发紫
思念故乡的眼睛挂着冰屑

数九寒冬里冲凉，对着水龙头唱着歌
mi！他浑身一片紫红，牙齿冷得上下打架
冰冷的水沿着黝黑的肩头滑下

数九寒冬里冲凉，对着水龙头唱着歌
fa！他的肌肉在抖动，嘴唇一片乱颤

昏黄的白炽灯照着他苍凉的背脊

数九寒冬里冲凉，对着水龙头唱着歌
so！他的肌肉冻成肉块，身子不由得弓下来
十指的茧虫凝成小铁砣

数九寒冬里冲凉，对着水龙头唱着歌
la！他的头发冷得根根竖起，眉毛倒立
冰冷的水滑过被钢片割开的伤口

数九寒冬里冲凉，对着水龙头唱着歌
si！他的头发冷成冰凌，眉毛结满霜花
一个跟头摔在地像条黑黝的钢筋

冲凉歌

程朋鹏（24届）

数九寒冬里冲凉，对着水龙头唱着歌
哆！他浑身哆嗦，牙齿冷得发颤
被钢筋砸断的手指冻成了弯钩

数九寒冬里冲凉，对着水龙头唱着歌
唻！他浑身起了鸡皮疙瘩，嘴皮冷得发紫、
思、念、故乡的眼睛挂着冰霜

数九寒冬里冲凉，对着水龙头唱着歌
咪！他浑身一片紫红，牙齿冷得上下打架
冰冷的水沿着黑幼黑的肩头滑下

数九寒冬里冲凉，对着水龙头唱着歌
发！他的肌肉在抖动，嘴唇一片乱颤
帐篷内白炽灯照着他冲凉的脊背

数九寒冬里冲凉、对着水龙头唱着歌
嗨！他的肌肉冻成肉块，身子不由得弓下来、
十指的茧虫凝成小铁砣

数九寒冬里冲凉，对着水龙头唱着歌
啦！他的头发冻得根根竖起，眉毛倒立
冰冷的水滑过被钢片割开的伤口

数九寒冬里冲凉，对着水龙头唱着歌
啊哈！他的头发冻成冰凌，眉毛结满霜花
一个跟头摔在地像条黑黝的钢筋

诗人档案

黄金明（1974~　），广东人。现为广东省作家协会文学院作家，中国作家协会会员。兼事小说、散文和诗歌，发表于《世界文学》《人民文学》《诗刊》《散文》《十月》等期刊，入选《新中国60年文学大系》《全球华语小说大系》等二百多种选本。出版长篇小说《江湖告急》《地下人》《拯救河流》，小说集《吃了豹子胆》，散文集《田野的黄昏》，诗集《时间与河流》等十二种。有作品翻译成英文、俄文、日文等语种。参加了《诗刊》社第二十四届“青春诗会”。获得第九届广东省鲁迅文艺奖、首届广东省小说奖等奖项。

山　中

黄金明

午后。我独自上山。山谷中
长满了密密匝匝的野苹果树。果实和叶子
都是语言。蜜蜂适逢淡季
这些不善言谈的农夫，忙着生男育女
那些掉落的花絮，在树底下堆积
仿佛被割掉的耳朵，无法听见风声
和风声中掠过的鸟雀。林中传来流水声
但看不到水源，野猪啃着烂苹果
它和一株果树的浓荫相互混淆
唉，我每一次返回山中，都不是为了寻觅
而是为了遗忘。唉，真正的声音
总是包裹着丝绸般柔和的寂静
真正的花朵，不是为了争取成为随便一个果实
而是为了打开自己——繁密有序的花瓣

嫣红而娇嫩的花萼——宛若玉石雕琢而成
它不是蝴蝶的仿制品，而是精美的杯盏
在飞翔中碰碎。极个别的花朵
成为鸟儿，鸟儿扑翅飞离
俨然是晦暗树林的灵魂，它像会飞的白色花
守林人踩着落叶，他灰色的身影
像一株省略了枝条的松树，加深了林中的幽暗
而被鸟群毫不费劲地穿越
一部分花朵成为果实，它们像一只只小圆镜
使树根匿身的小兽现出原形。一部分花朵
被微风吹落，像时光的碎片。林中的每一棵树
都在虚空中伸出枝丫，触及时间果实的滋味
有没有一只果子，投入树木的核心
并像石子扰乱水波那样扰乱年轮？
而一棵树的命运，早已被预先设定
不会大于封闭的种子。我从林中小径走出
脸上染着薄暮，而双手被霞光照亮。

山中

黄金明

午后。我独自上山。山谷中
长满了密密匝匝的野草果树。果实和叶子
都是绿色。蜜蜂逐渐没有
追逐不善言谈的农夫，忙着生男育女
那些掉落的花蕊，在树底下堆积
仿佛被割掉的耳朵，无法倾听水声
和风声中掠过的鸟夜。林中传来流水声
但看不到水源，野猪嚼着野草果
它和一棵果树的根茎相互混淆
唉，我每一次进山中，都不是为了寻觅
而是为了遗忘。唉，真正的声音
总是包裹着丝绸般柔和的寂静
真正的花朵，不是为了争取成为随便一个果实
而是为了打开自己——紧密有序的花瓣
娇红而修长的花萼——犹若玉石雕琢而成

它还是蝴蝶的消费品，更是精美的插画
在白雾中碰碎。每个到了的花朵
以及鸟儿，鸟儿扑翅百鸟
但这只是暗喻树林的美色，它像会飞的白色花

守林人踩着落叶，他孤绝的身影
像一株剪除了枝条的松树，加深了林中的黝暗
而细鸟群毫不费劲地穿越
一部分花朵成为果实，它们像一只只小圆镜
使树根隐身的泥土现出原形。一部分花朵
继续被吹落，像时光的碎片。林中的每一棵树
都在虚空中伸出枝丫，触及时间果实的滋味
有没有一只果子，坠入树木的核心
并像石子投入水潭那样拨乱年轮？
而一棵树的命运，是已被预先设定
不会长出封闭的种子。我从林中小径走出
脸上涂着落暮，而双手被霞光照亮。

（选自《诗刊》2008年12月号下半月刊"青春诗会专号"）

诗人档案

金铃子（1969~　），女，原名蒋信琳，曾用名信琳君，重庆人。中国作家协会会员。诗人，绘画者。二十世纪八十年代末期开始发表诗歌。著有诗画集七部。曾获第二届徐志摩诗歌奖等奖项。参加了《诗刊》社第二十四届“青春诗会”。

灵隐寺的桂花落了一地

金铃子

灵隐寺的桂花落了一地
这黄，从寺的至深处发出
窃窃私语。我这个刚刚到来的俗客
听得仔细
它赠我诗句。赠我过去。赠我现在
我欣喜若狂
我鼓噪一声，发出虫鸣
仿佛两个隔世的亲戚，说了一宿
直到我暗自得意
说了句：“一想到现在活得好好的
我忍不住大笑了几次。”
它瞬间沉默。瞬间不见踪影

灵隐寺的桂花落了一地

灵隐寺的桂花落了一地
这些蕊从寺的围墙爬出 小小私语
我这个刚刚要来的信客 听得仔细
它赎我诗句 读我写过 或者 现在
我们喜[illegible] 我数[illegible] 一行 [illegible]
信的 两个隔世的亲戚 成了一窝
直到我瞬间回归
从寺门 一直到我生活的城市
我来来往往了几次 在喧闹间沉默 瞬间入定何以呢

庚子吉日 [illegible] 书于

诗人档案

苏黎（1968~　），女，甘肃省山丹县人。中国作家协会会员。在《人民文学》《诗刊》《星星》诗刊等刊物发表大量作品。出版有散文集《一滴滋润》，诗集《苏黎诗集》《月光谣》《多么美》等。作品入选《中国年度最佳诗歌》《中国年度诗歌精选》《〈诗刊〉六十年诗歌作品选》《中国最佳文学作品选·散文卷》等多种选本。参加了《诗刊》社举办的第二十四届"青春诗会"。

月光谣曲

苏　黎

月光，月光
门前马莲滩像一件没有收走的衣裳

我到场院旧草垛下等人
腕上的银镯也向远处瞭望

风吹草屑
月光的脚步婆娑

光溜溜的石碾子
一场院落叶的寂寞

如果你来了
躲在哪棵白杨树的后面

如果你没有来
夜风为什么掀我的衣裳

月光，月光
一只秋虫的忧伤在不停地闪亮

月光谣曲

苏黎

月光，月光
门前马莲滩像一件没有收走的衣裳

我到场院旧草垛下等人
腕上的银镯也向远处瞭望

风吹草屑
月光的脚步凄凄

光溜溜的石碾子
一场院落叶的寂寞

如果你来了
躲在哪棵白杨树的后面

如果你没有来
风为什么揪我的衣裳

月光，月光
一只秋虫的忧伤在不停地闪亮

※刊于《诗刊》2008年12期，第24届
青春诗会专号

李满强（1975~　），甘肃静宁人。作品散见于《人民文学》《诗刊》《中国作家》《芳草》《星星》《飞天》等刊物，入选数种选本。出版有诗集《画梦录》等三部，随笔集《陇上食事》。曾获甘肃黄河文学奖、《飞天》十年文学奖等多种奖项。2008年参加《诗刊》社第二十四届"青春诗会"。中国作家协会会员。第二、三届甘肃"诗歌八骏"之一。

黑脉金斑蝶

李满强

我曾豢养过老虎
野狼和狮子，在我年轻的时候
我以为那就是闪电、刀子和道路

不惑之年，我更愿意豢养
一只蝴蝶。它有着弱不禁风的身躯
但能穿过三千多公里的天空和风暴

漫长的迁徙路上，它们
瘦小的触须，每时每刻
都在接受太阳的指引

在我因为无助而仰望的时刻
黑脉金斑蝶正在横穿美洲大陆
仿佛上苍派出的信使

金脉黑斑蝶

李元胜

我曾羡慕过老虎
野狼和狮子，在我年轻的时候
我以为那就是闪电，刀子和道路

不惑后，我更愿意羡慕
一匹蝴蝶。它拖着弱不禁风的身躯
但能穿过三千多公里的高山和风暴

漫长的迁徙路上，它的
瘦小的触须，每时每刻
都在接受太阳地指引

在我因为无助而仰望的时刻
金脉黑斑蝶正在横穿美洲大陆
仿佛上帝派出的信使

2018年

诗人档案

鲁克（1969~　），本名鲁文咏，祖籍山东临沂，生于江苏东海。中国作家协会会员。诗人，小说家，剧作家，书法家，摄影家，影视编导。参加了《诗刊》社第二十四届“青春诗会”及第十届《诗刊》社“青春回眸”诗会。著有《桃花谣》《稻谷深沉》《诗歌思维》等文学著作五十余种，多次获全国奖，作品入编中小学课外教材。

其实花朵也是星星

鲁　克

其实花朵也是星星
亿万年约等于一个季节
星星亮过，花开过
一如这浩渺宇宙我们来过

其实泪水也是海洋
无穷苦涩约等于小小感伤
海洋哭过，泪流过
一如这苍茫世界我们爱过

其實花朵也是星星
億萬年約等於一個季節
星星亮過 花開過
一如這浩渺宇宙我們來過
其實淚水也是海洋
無窮過往約等於小小感傷
海洋哭過 淚流過
一如這蒼茫世界我們愛過
庚子閏春爲高茲書 林宮筆

韩玉光（1970~　），生于山西省原平市。中国作家协会会员。曾参加《诗刊》社第二十四届“青春诗会”。出版有诗集《1970年的月亮》《捕光者》等。

黄河十八拍之第八拍

韩玉光

黄土上活着的人
最终会成为黄土
在黄河中死去的人
会成为河水的一部分
我总是渴望自己
一半给予黄土
一半给予黄河
我祈祷河神，希望她
将我一分为二
一个，将吃掉的粮食长出来
一个让喝掉的水重新流动

黄河十八拐第八首

○韩玉光

黄土上活着的人
最终会成为黄土
在黄河中死去的人
会成为河水的一部分
我总是渴望自己
一半给了黄土
一半给了黄河
我祈祷河神，希望她
将我一分为二
一半，将埋的粮食长出来
一半让喝掉的水重新流动

庚子年夏日录旧作
原发2008年诗刊青春专号

郭晓琦（1973~　），生于甘肃镇原。中国作家协会会员。参加了《诗刊》社第二十四届“青春诗会”。在《诗刊》《人民文学》《星星》《青年文学》等三十多家文学刊物发表诗歌、散文随笔及小说作品，并多次入选《中国年度诗歌》《中国诗歌精选》《新世纪五年诗选》等多种选本。曾获《诗刊》《作品》等刊物全国诗歌大赛奖、第十届华文青年诗人奖、敦煌文艺奖、甘肃黄河文学奖等奖项。诗集《穿过黑夜的马灯》入选“21 世纪文学之星丛书”。

我总是描述不好故乡

郭晓琦

我总是描述不好故乡。我把山说成是穷山
把水说成是瘦水。我写下的路
窄小，摇摇晃晃。我写下的阳光太毒，月光太凉，太忧伤
我把蓝天写得太蓝了，把白云写得太白了
把青草和小野花写得太纯朴，太羞怯
像闪到路边的小姑娘

我总是描述不好故乡。我把春天
写得缓慢、迟钝，像性情温顺的婆婆
把夏天写得急躁，风风火火
像个坏脾气的倔老头
我把八月的苞谷，看成是挺着大肚子的、怀孕的村妇
把九月的高粱，看成是醉酒的汉子

我总是描述不好故乡。我把羊群
写得散漫，从秋天的大洼
慢慢游移进冬天的谷底，把公鸡写在黎明的墙头上
把牛写在黄昏的田埂上。把驮水的毛驴
写成了民歌手。把鸽子写得像公主
把乌鸦写得像巫婆

我总是描述不好故乡。我把钻天杨
写得太英俊，一直插进了云霄。把枣树写上了断崖
像绷紧的弓。我把柳树的脖子写歪了
把杏树的腰写弯了。我把瓦屋写得低矮、破旧、松动
像蹲在时光里咀嚼往事的老人
我把父亲写成了忙碌的黑蚂蚁，四处奔波

……我总是描述不好故乡
这让我一直背负着作为一个诗人的羞愧——

我总是描述不好故乡

郭晓琦

我总是描述不好故乡。我把山说成是穷山
把水说成是瘦水。我写下的路
窄小，摇摇晃晃。我写下的晌晚太毒，晚太凉，太忧伤
我把蓝天写得太蓝了，把白云写得太白了
把青草和小野花写得太纯朴，太羞怯
像闪到路边的小姑娘

我总是描述不好故乡。我把春天
写得缓慢、迟钝，像性情温顺的婆婆
把夏天写得急躁，风风火火
像个坏脾气的倔老头
我把八月的葵花，看成是腆着大肚子的、怀孕的村妇
把九月的高粱，看成是醉酒的汉子

我总是描述不好故乡。我把羊群
写得散漫，从秋天的大街
慢慢游荡进冬天的谷底。把公鸡写在篱笆墙头上

把牛写在黄昏的田埂上。把洗衣的主妇
写成了民歌手。把鸽子写像家公主
把乌鸦写得像巫婆

我总是描述不好故乡。我把钻天杨
写得不够像，一直插进了云霄。把枣树写得迷催
像绷紧的弓。我把柳树的腰肢写丢了
把杏树的腰写弯了。我把房屋写得低矮、破旧、松动
像总蹲在阳光里咀嚼往事的老人
我把父亲写成了忙碌的蚂蚁，四处奔波

……我总是描述不好故乡
这让我一直背负着作为一个诗人的羞愧——

《原载《诗刊》下半月2008年12月号
2020.6.10 抄于兰州

诗人档案

周野（1967~ ），原籍湖北，现居广东。中国作家协会会员。早年服役于海军潜艇部队，后入北京广播学院文艺编导专业学习。多年来在国内外刊物，发表大量以诗歌为主的文学作品。出版《失语的丛林》《十三月的羽毛》《荒湖及镜像》《周野短诗选》等诗集。参加了《诗刊》社第二十四届“青春诗会”。

睡　莲

周　野

现在是数的空间，有序的数字
你可以倒过来，或者从某一个开始
和它们匀速行进，直到消失
在不可预知的某处

现在你是一个寂寞的佛
总有些不同和未知的东西
在大肚内呈现，飞翔，像星系
缄默中衍生话语的根系

你也可以陪那个裸体的盲女
重新上路，在丛林旁小憩
你偶尔鞭打欲望的水体
它们不断愈合，让你看不见伤痕

但你必须躺下，尽量和大地水平
当灵魂从躯体不辞而别
随风和流水远行，它们穿越黑暗
而黑暗此时并不沉重

睡莲

现在是数的空间，有序的数字
你可以倒过来，或者从某一个开始
和它们匀速行进，直到消失
在不可预知的某处

现在你是一个寂寞的佛
总有些不同和未知的东西
在大脑内呈现，飞翔，像星系
缄默中衍生话语的根系

你也可以陪那个裸体的盲女
重新上路，在丛林旁小憩
你偶尔鞭打欲望的水体

它们不断愈合，让你看不见伤痕

但你必须躺下，尽量和大地水平
当灵魂从躯体不辞而别
随风和流水运行，它们穿越黑暗
而黑暗此时并不沉重

周瓒 2008.6.9

诗人档案

阎志（1972~　），出生于湖北省罗田县。卓尔书店、卓尔公益基金会创始人。中国作家协会会员。1989年起开始文学创作。参加了《诗刊》社第二十四届"青春诗会"。结集出版有《时间之诗》《少年辞》《大别山以南》《挽歌与纪念》《少年去流浪》《小维故事书》《武汉之恋》等十多部文学作品。获《诗刊》社2008年诗歌大奖赛一等奖、2007年度中国诗潮奖、第二届徐志摩诗歌奖、第五届湖北文学奖、第八届屈原文艺奖、2015年冰心儿童图书奖、韩国《文学青春》国际文学奖等奖项。作品被译为英文、日文、韩文等多种文字。2008年至今主持《中国诗歌》的编辑出版，同时设立了"闻一多诗歌奖"。

风过耳

阎　志

我要在故乡的
群山之中
修一座小庙
暮鼓晨钟
与过去再也不相见
原谅了别人
也原谅了自己

佛经是很难读懂了
大多数的功课
只是为孩子们和
所有善良的人祈福
闲时
看一株草随风摇曳或者

倔强地生长
有风经过时
檐下的风铃肯定会响起
才记起看看
山那边的故乡
依然会让我怦然心动
那就再多诵几遍经吧
直至风停下来

风过耳

周云

我家在故乡的
群山之中
修一座小庙
暮鼓晨钟
与过去再也不相见
原谅了别人
也原谅了自己

佛经里很难读懂了
大多数的功课
只是为孩子们和
所有善良的人祈福
闲时
看一株草随风摇曳或者

缓慢的生长
有风经过时
檐下的风铃首先会响起
才记起春天与那边的故乡
很快会让我怀念山的
那就多诵几遍吧
直至风停下来.

2017.10.3.于大别山

诗人档案

杨方（1975~　），出生于新疆，现在浙江生活。作品发表于《人民文学》《十月》《当代》《诗刊》等刊物。有小说入选《小说选刊》《中篇小说选刊》《中篇小说月报》《2012年中国中篇小说精选》。曾获《诗刊》青年诗人奖、第十届华文青年诗人奖、第二届《扬子江》诗学奖、浙江优秀青年作品奖等奖项。参加《诗刊》社第二十四届“青春诗会”。

燕山之顶

杨　方

多么突然，当我站在崖边
和一朵金莲花一样惊惧，颤抖，屏住了呼吸
我怕一失足，就跌落茫茫云海
此时连绵的群山在云雾中只露出孤岛一样的山尖
神一口一口，吹蒲公英一样将云朵吹散
它们飘落远山，又群羊般汹涌而来
如果退后一步，跨过那丛荨麻草和乱石堆
抬头就是另外一重天，阳光透过云层照射下来
四周充满明亮而冷冽的空气
风从肋间穿过，像吹响一支颤音的骨笛
有人在云端抚琴，管弦和丝乐都是天上曲
有那么一刹，我不知道自己为什么站在这里
上不着天下不着地，从此忘了人间，也情有可原

我确信这重天之后定有另一重天
飞走的白鹤，消散的亲人，露珠和冷霜
以及不知所终的落花跟流水，都将停留那里
而我为了追寻，一生都在盲目地乱走
现在我只是短暂的停顿，在燕山之顶
低头看见了生命，爱情，功名
三十多年的风花和雪月，流云一样飞逝
我在尘世安身立命的小院，这个夏天结出了蛛网
茑萝寂静，空心菜开出白花，荒草高过海棠和榆叶梅
我曾那么牵挂的人、在意的事，变得缥缈、虚无
仿佛从不曾牵挂和在意，不曾和我有丝毫的关联
而当我转身离开，泪水忍不住滴落下来
我看见自己正走向青灰的暮年，哀伤的往事

燕山之旅　　杨方

多么突然，当我站立崖边
和一朵金莲花一样惊惧，屏住
了呼吸
我怕我一失足就跌落茫茫云海
此时连绵的群山在云雾中孤岛一样
只露出山尖
神一口一口，将云朵吹散
它们飘落远山，又群羊般回来
如果退后一步，跨过那丛荨麻草
抬头就是另一重天
阳光透过云层照射下来
四周充满冷冽的空气
风从肋间穿过，像吹响一支
颤音的骨笛
有人在云端抚琴
管弦和丝竹都是天上曲
有那么一刹，我不知道自己
为什么站在这里
上不着天，下不着地
从此忘了人间，也情有可原

我确信这重天后另有一重天
飞走的白鹤，逝散的亲人
露珠和冷霜
以及不知所终的落花跟流水
都将停留那里
而我为了追寻
一生都在盲目地乱走
现在我只是短暂的停顿
在燕山之顶
低头看见了生命，爱情，功名
三十多年的风花和雪月
流云一样飞逝
我在尘世安身立命的小院
这个夏天结出了蛛网
芍药寂静、空心菜开出白花
荒草高过海棠和榆叶梅
我曾那么牵挂的人，在意的事
变得缥缈，虚无
仿佛从不曾在意和牵挂，不曾和我
有关联，而当我转身离开
泪水忍不住滴落下来
我看见自己正走向苍灰的暮年。
虚幻的往事

张怀帆（1971～　），陕北人。中国作家协会会员。出版有“小镇系列”等诗集、散文集十二种。作品曾获奖十余次，并入选数十种选本。曾参加《诗刊》社第二十四届“青春诗会”。现居延安。

一个人的山顶

张怀帆

飞机在高高的蓝天上
慢悠悠地，缀上一道长长的拉链
这缓缓移动的银色小器物，现在看上去那么小巧
偶尔，闪着一个小小十字架的光芒
我头枕一座大山，把身体摆放在秋天
我的前世，也许是个牧马人
但今生却只愿马放南山
不远的身边，有一头毛驴在吃草
它偶尔抬头，用它的大眼看我
也许它的前生是一匹良马
关关，关关，远处的草丛里有野雉在叫
那声音仿佛《诗经》里的雎鸠
或许，它的先辈在河之洲
山里，幽静到半坡野菊花就要开口说话

这些淡蓝的，亮黄的小花朵
有天使一样的笑脸
蝴蝶，还在翩翩追逐着梁祝的故事
好像要把爱情一直带进冬天
一只小飞虫，有如此的绝技
飞翔时，会戛然停在半空
悬浮半晌，又倏忽飞走，像外星飞虫
只有蛐蛐是秋天的知音，拨动着阿炳的琴弦
我是在一个假日独自进山
下山途中，听见那头毛驴引颈长鸣，回首
只见一山红叶

一个人的山顶

张怀帆

飞机在高高的蓝天上
慢悠悠地，缀上一道白白的拉链
这缓缓移动的银色小器物，此刻看上去那么精巧
偶尔，闪着一个小小十字架的光芒
我头枕一座大山，把身体摆放在秋天
我的前世，也许是个牧马人
但今生却只能马放南山
不远的身边，有一头毛驴在吃草
它偶尔抬头，用它的大眼看我
而含深情，似曾相识
也许它的前生，是一匹良马
关关，关关，远处的草丛里有野鸡在叫
仿佛《诗经》里的雎鸠
或许它的先祖在河之洲
山里，如此幽静
幽静到山坡的野菊花就要开口说话
这些淡黄的，亮黄黄小花朵
有天使一样的笑脸
蝴蝶，还在追逐着梁祝的故事
好像要把爱情一直带进冬天

一只小飞虫，有着些些绝技
飞翔时，会突然停在半空
悬停半晌，又忽地飞走，像个外星飞虫
只有蛐蛐是秋天的知音
拨动着阿炳的琴弦
就是在假日去白进山
下山途中，听见那头毛驴
引颈长鸣，回首
只见一山红叶

刘克胤（1967~　），湖南平江人。1988年西北工业大学毕业。参加了《诗刊》社第二十四届“青春诗会”。出版《城市管弦》《真实的声音》《遥远的星光》等新诗集五部。近十年转向旧体诗创作，《三新集——刘克胤五言诗选》入选中国青年出版社/小众书坊“好诗词·第一季”。

让我们抓紧时间好好相爱

刘克胤

旷野上到处都是奔逃的人群
风中只听见撕心裂肺的哭喊
天空不再有鸟儿飞翔
太阳和月亮一天比一天暗淡

整个世界都已坍塌　就剩我们
早先营造的茅屋完好如初是个例外
远去的人啊　快快回来
让我们抓紧时间好好相爱

让我们抓紧时间好好相爱

旷野上到处都是奔逃的人群
风中只听见撕心裂肺的哭喊
天空不再有鸟儿飞翔
太阳和月亮一天比一天暗淡

整个世界都已坍塌 就剩我们
早先营造的蓬屋完好如初是个例外
远去的人啊 快快回来
让我们抓紧时间好好相爱

诗人档案

林莉（1972~　），女，江西上饶人。中国作家协会会员。诗文见《人民文学》《诗刊》《星星》《天涯》《花城》《读者》《山花》《诗潮》等报刊，入选各种年度选本。出版诗集《在尘埃之上》（21世纪文学之星丛书2010年卷）、《孤独在唱歌》等。获2010年度诗探索·华文青年诗人奖、2014江西年度诗人奖、第九届红高粱诗歌奖、第七届《扬子江》诗学奖等奖项。曾参加《诗刊》社第二十四届“青春诗会”。

雁群飞过

林　莉

站在枫溪高高的堤坝上，我看见一群雁
向西飞去，有一瞬间它们张开的翅膀一动不动
像是在经历一场庄严的告别，然后它们从落日的针眼里
奋力穿了过去——
夕光把整个大地都染红了，黄昏的空苇地上
落着它们黑色的影子，安宁且痛楚

雁群飞过

站在枫溪高高的堤坝上，我看见一群雁，
向西飞去，有一瞬间它们张开的翅膀一动不动，
像是在经历一场庄严的告别，然后它们从落日的针眼里
鱼贯穿了过去——
夕光把整个大地都染红了，黄昏的空草地上
落着它们黑色的影子，安宁且痛楚

林莉录于江西上饶 二〇二〇年六月

原载《人民文学》二〇一六第九期

诗人档案

天界（1969～　），本名池天杰，浙江黄岩人。中国作家协会会员。创作以诗和评论为主。出版诗集三本，合集两部。2008年参加《诗刊》社第二十四届“青春诗会”，2019年参加《诗刊》社第十届“青春回眸”诗会。

再写桃花

天　界

如果雨可以抹去整个西山的颜色
那么风中桃园
就是一片荒地。像死亡的
芦苇和枯草，被风
紧紧包围。

那些入世的桃花——
镶在西山的眼睛
跳上枝头
在风中，沉默地闪动

它们寻找什么？小小生命
在留守的时间里
挤进春天。它们的前生
一定许过心愿

再写桃花

[illegible]

如果我可以抹去整个雨山的颜色
那些偶然和时间
就是一片荒地。像死去的
芦苇和枯草，被风
紧紧包围

横跨八世的桃花——
缠绕在雨山的眼睛
细小枝头
在风中，沉默地闪动

它们是我什么？小小生命
在俗事的时间里
拒绝春天。它们的前生
一定许过心愿。

——载《诗刊》2008·12·下半月·第24届青春诗会专号

诗人档案

张作梗（1966~ ），湖北京山人，现居扬州。中国作家协会会员。作品散见《花城》《人民文学》《中国青年报》《诗刊》《工人日报》《星星》《作品》等报刊。曾获《诗刊》年度诗歌奖、《文学港》杂志储吉旺文学奖等奖项。参加《诗刊》社第二十四届“青春诗会”。

坐在大自然中写诗

张作梗

这是巴颜喀拉山北麓。毫无疑问，
如果我继续坐在这儿写作，雪水融化的
声音就会落进诗中……
一整天，头顶上有影子在飞越，
而抬起头来，又发现什么都没有。

我是一个人？嗯。写诗就是一个人的事。
就是将一个人隔离，挪移到某个
人迹罕至的所在，
去接受大自然的训导和教诲。
——在那儿，就连最细微的荆棘缝隙，
也有着宽阔的视界。

此刻，我坐在巴颜喀拉山北麓一片茂密的

丛林中。鹰俯冲而下带来陡峭的
天空。时空压缩得如此小，
仿佛只要伸手，我就能将冰川提成一盏
轰鸣的灯。而稿纸在脚下移动，
提醒我写诗是一件促成
大陆板块漂移的事情。

我脱下穿了三十几年的平原，第一次，
坐在如此高远的地方写诗。
词语粗砺的呼吸混合高海拔的风，
摇撼着手中的笔。我把赭红色的岩石
灌注到诗中；我把一条河的源头迁移到
诗中。写诗，就是遵从并暗合自然的
节拍，在万物中找到自我的存在。

坐在大自然中写诗

张作梗

这是巴颜喀拉山北麓。宽容题问,
如果我继续坐在这儿写作,雪山开化的
声音就会落进诗中……
一整天,头顶上有影子在飞越,
而抬起头来,又发现什么都没有。

我是一个人?嗯。写诗就是一个人的事。
就是将一个人隔离,挪移到某个
人迹罕至的所在,
去接受大自然的训导和教诲。
——在那儿,就连最细微的荆棘缝隙,
也有着宽阔的视界。

此刻,我坐在巴颜喀拉山北麓一片茂密的
丛林中。鹰俯冲而下,带来了远峰的
天空。将它压缩得如此小,
仿佛只要伸手,我就能将它们捏成一盏

春暖的灯。而稿纸在脚下移动，
提醒我：写诗是一件缝成
大陆板块漂移的事情。

我脱下穿了三十几年的平原，第一次，
坐在如此高远的地方写诗。
词语粗砺的呼吸混合着高海拔风，
摇撼着手中的笔。我把赭红色的岩石，
灌注到诗中；我把一条河的源头迁移到
诗中。写诗，就是遵从并聆听自然的
节拍，在万物中找出自我的存在。

（2015，扬州）

陈人杰（1968~　），浙江天台人。学业完成后始居杭州，三届援藏干部，现在西藏工作。中国作家协会会员。参加了《诗刊》社第二十四届“青春诗会”。曾入围第七届鲁迅文学奖提名，获第五届中国长诗奖、第二届“浪漫海岸”杯国际华文爱情诗大赛特等奖、第二届徐志摩诗歌奖、《诗刊》青年诗人奖、《扬子江》诗学奖、“珠穆朗玛”文学艺术奖特别奖、云南省文学艺术创作奖等奖项。

我曾长久地仰望蓝天

陈人杰

那时候，我曾长久地仰望蓝天
仿佛无限高处，真的藏着什么
仿佛仰望是有效的，透明中
延伸着神秘的阶梯

大地上的河流、树木、庄稼
它们以什么方式和天空联系？
灶边坐着母亲，青稞酿成新酒
但炊烟并没有真的消失
它们肯定飘进了空中的殿堂

天空，肯定收留了大地上的声音
包括我的仰望
我看见蓝天俯视着我

它的眼神越来越蓝

那时候，我曾长久地仰望蓝天
那时候我多么年轻、纯洁，仿佛有用不完的
憧憬，和好时光
在最黑的夜里我也睁大过眼睛
我知道会有金色的星星出现
梦幻的舞台搭在高处，那上边
不可能是空的

我曾长久地仰望蓝天

那时候，我曾长久地仰望蓝天
仿佛无限的高处，真的藏着什么
仿佛仰望是有效的，透明中
延伸着神秘的阶梯

大地上的河流、树木、庄稼
它们以什么方式和天空取得联系？
灶边坐着母亲，青稞酿成新酒
但炊烟并没有真的消息
它们肯定飘进了空中的殿堂

天空，肯定收留了大地上的声音
包括我的仰望
我看见蓝天俯视着我
它的眼神越来越蓝

那时候，我曾长久地仰望蓝天

四千里外的教室里，我的脑海
常被刺眼的阳光和影子围剿
而在上陈村，门槛无语
窗台上的喜字，和你的青春
都在迅速褪色

姐姐，岁月一褪再褪 你的青丝
终于在风雨里褪出了霜雪
唯有绳子还在疯长，更多的米
像泪珠一样滚到世间
唯有你手中的针，还能准确地
找到岁月中贫穷的空洞和裂隙
姐姐，因为你
我记得所有贫穷的角落
在城市，每当看到那些在屋檐下缝补的人
我都会想起荒废日久的家园
而他们手中的针，总是用锋利和疼痛
准确地，把我和你连在一起

[illegible]
2020.7.3 抄于拉萨

张红兵（1968~　），山西黎城人，现居山西晋城。业余写诗。在《诗刊》《诗歌月刊》《诗选刊》《诗探索》《中国诗歌》《山西文学》等刊物发表诗歌。诗作入选《2011 中国年度诗歌》《中国当代诗歌选本》《2012 中国诗歌精选》《2012 中国年度诗歌》等诗歌选本。参加《诗刊》社第二十四届“青春诗会”。获得《诗刊》社“绿色伊春——红松杯”全国诗歌大奖赛优秀奖等奖项。有诗集《十年灯》出版。

一只斑鸠

张红兵

和我开门几乎同时，它振翅飞走了
那感觉像是从我的怀中飞出去一样
又仿佛是我亲手放飞的一只风筝
只是这风筝没有线，或者说线有无限长
我站在门前愣了大约半分钟
内心又遗憾又惊奇

一只斑鸠，一大早就在我的院子里觅食或者散步
它是那样安静，我根本没有听见它的
降落声和脚步声
仿佛就住在我的院子里，和我是一家人

一只受到惊吓的斑鸠，带着小小的慌乱
它一下子就触到了早晨的云天和阳光

有那么半分钟，我愣在那里
有那么半分钟，我内心空落落地
愣在那里

一只斑鸠

张红兵

和我开门几乎同时，它振翅飞走了
那感觉像是从我的怀中飞出去一样
又仿佛是我亲手放飞的一只风筝
只是这风筝没有线、或者说线有无限长
我在门前愣了大约半分钟
内心又遗憾又惊奇

一只斑鸠，大早晨就在我的院子里觅食或散步
它是那样安静，我根本没有听见它的降落声和脚步声
仿佛就住在我的院子里，和我是一家人

一只受到惊吓的斑鸠，带着小小的慌乱

它一下子就触到了早晨的云朵和阳光
有那么半分钟，我愣在那里
有那么半分钟，我内心空落落地
愣在那里

原作发表于《诗刊》2008年12期下半月刊
抄于2020年6月20日

诗人档案

李辉（1969~　），生于山东滨州。中国作家协会会员。在《诗刊》《十月》《中国作家》《诗歌月报》《星星》等刊物发表诗歌作品六百余首。入选《诗刊》"每月诗星"和多种选本，出版诗集三部、纪实文学集一部，参加了《诗刊》社第二十四届"青春诗会"。现居滨州。

布尔津的天空

李　辉

秋天很深
浮尘被大风刮尽。天空露出底色
干净的蓝。
闲云　散漫的羊群
在天空的牧场漫步。阿尔泰的阳光
永不坠落的坚果。温润地照耀
布尔津河。额尔齐斯河
美女之蛇的抚摸。沙漠喘着粗气
胡杨的骨头也快酥了。驼铃
多么清脆的滴水之声
喀纳斯。白桦林。雪山。棕熊
若隐若现的身影

一粒赶路的沙子。来到
秋天的布尔津。我看见
一尘不染的天空。一块蓝头巾。遮住她
羞涩的哈萨克少女

布尔津的天空

支挥

秋天很深
浮尘被大风刮尽。天空露出底色
干净的蓝
闲云 散漫的羊群
在天空的牧场漫步。阿尔泰的阳光
永不坠落的坚果。温润地照耀
布尔津河。额尔齐斯河
美女之蛇的抚摸。沙漠喘着粗气
胡杨的骨头也快酥了。驼铃
多么清脆的滴水之声
喀纳斯，白桦林。雪山。棕熊

若隐若现的身影
一粒起跳的沙子。来到
秋天的布尔津。我看见
一尘不染的天空。一块蓝头巾。遮住她
羞涩的哈萨克少女

2020.7.2

诗人档案

刘涛（1971～　），祖籍安徽阜阳。1994年以来在《人民文学》《诗刊》等发表诗作若干。2008年参加《诗刊》社第二十四届“青春诗会”。出版诗集《草木边关》《边土》《木刻的诗篇》。曾获宁夏“黄河金岸”诗歌节全国征诗一等奖、《芳草》杂志第三届汉语诗歌双年十佳诗人、第四届新疆天山文艺奖及新疆生产建设兵团第一届“绿洲文艺奖”等奖项。现居新疆乌鲁木齐。

星星峡的列车

刘　涛

过了星星峡，火车就开进了辽阔这个词
火车巨大的惯性让人看到秋天里惶惑的灯盏
火车还可以拽上一两片落叶，杨树的叶子
隔着沙梁远远地抛向甘肃
火车还会惊醒一些梦
那些追梦人会记住这趟列车的座次
在星星峡，火车还会碾碎一些地名
黑夜里，星星峡的列车像一条不安的虫子
带着稍许的歇斯底里
并且努力压抑住内心的惶惑与不安

星星峡的列车

刘涛

过了星星峡，火车就开进了辽阔这个词
火车巨大的惯性让人看到秋天里惶惑的灯盏
火车还可以拽上一两片落叶，杨树的叶子。
隔着沙梁远远地抛向甘肃，
火车还会惊醒一些梦，
那些追梦人会记住这趟列车的座次。
在星星峡，火车还会碾碎一些地名。
黑夜里，星星峡的列车像一条不安的虫子，
带着稍许的歇斯底里，
并且努力压抑住内心的惶惑与不安。

诗人档案

王文海（1972~ ），山西朔州人。1986年开始发表作品，迄今在《诗刊》《人民文学》《中国作家》等二百多家报刊发表作品三千多首（篇）。出版有诗文集六部。曾获全国“乌金文学奖”、《山西文学》年度诗歌奖、《黄河》年度诗歌奖、《广西文学》年度诗歌奖、第五届赵树理文学奖等百余项奖项。中国作家协会会员，曾参加《诗刊》社第二十四届“青春诗会”。

走西口

王文海

允许你比我的衣服更单薄一些，西风削肩
精简成汉字里最孤独的一个偏旁
青草在前，野花在后，中间是我们遗弃的拐杖
茅草屋塌了，在你走后的第二个春天，连布谷鸟都不叫了
我守着你的背影取暖，蜿蜒的清贫如晨钟暮鼓撞击生活
和口外的月亮相比，咱家院子上面的更大一些
努力地向北眺望，我的前世就是一块不肯归降的石头
直至风化，为了把心事晒干，放到高处
高处有一个人的自由，或者寻找，或者坚守
没有什么可以浪费，在你把我叫作风之前

走西口

允许你的衣服比我更单薄一些，西风削肩
精简成汉字里最孤独的一个偏旁
青草在前，野花在后，中间是我们遗弃的拐杖
茅草屋塌了，在你走后的第二个春天，连布谷鸟都
不叫了
我守着你的背影取暖，蜿蜒的清贫如晨钟暮
鼓撞击生活。
和口外的月亮相比，咱家院子上面的更大一些
努力地向北眺望，我的前世就是一块不肯归
降的石头
直至风化，为了把心事晒干，放到高处
高处有一个人的自由，或者寻找，或者坚守。

王文海

诗人档案

王妍丁（1968~　），女，祖籍河北，生长在沈阳，现居北京。中国作家协会会员。著有诗集《王妍丁短诗选》《王妍丁世纪诗选》《在唐诗的故乡》《我默念的幸福开成了莲》等。作品多次获奖，入选国内外多种文学选本。2020年获“中国十大女诗人奖”。参加了《诗刊》社第二十四届“青春诗会”。

爱请原谅我吧

王妍丁

在最温柔的诗句里
我隐藏了你的名字
在你面前
我担心自己太显矮小
但我告诉自己
必须学会像你一样
冷峻　沉稳　处变不惊
如一把出鞘的长剑
永远保持一种锋利和果敢
以及一颗干净的
行走于世的心

爱 请原谅我吧
在最温柔的诗句里
我隐藏了你的名字
在你面前
我担心自己太显稚嫩
但我告诉自己
必须学会像你一样
冷峻 沉稳 处变不惊
如一把出鞘的长剑
永远保持一种锋利和果敢
以及一颗干净的
行走于世的心

王婷. 2020.6.4

洞庭六记

——第二十四届“青春诗会”漫笔

蓝　野

时代机缘

第二十四届“青春诗会”有个很长的名称——“《诗刊》社第二十四届湖南岳阳·青春诗会暨中国改革开放三十年诗歌研讨会”，这长长的名字把诗会的时间、地点，甚至时代背景，交代得异常清晰。

改革开放的第三个年头的1980年，由《诗刊》社举办的“青春诗会”登上了历史的舞台，在新时期文学史和改革开放的大潮中，闪烁着璀璨的光芒。28年来，24届诗会推出了300余位青年诗人，成为文学史上最连续、持久的文学品牌，为新诗的发展和进步做出了一份刊物最有价值的努力。《诗刊》主编叶延滨在开幕第一天的研讨会上说：“‘青春诗会’面向青年诗人，是《诗刊》以改革与包容的积极态度，对话、接纳、引导青年诗人的一个优秀品牌。”

巴陵古郡——岳阳，坐拥浩浩洞庭，这中华大地的第二大淡水湖，北与万里长江相连，南容湘、资、沅、澧四水，所谓北通巫峡，南极潇湘。以洞庭胜景和岳阳楼闻名九州的岳阳，今天已是一座秀美的现代新城。岳阳市委常委、宣传部部长徐新启自豪地在诗会开幕式上说：“岳阳市主要经济指标增幅高于湖南省平均水平，经济综合实力居湖南省第二位！”也只有在和谐发展的今天，岳阳人才大胆又豪气地在孟浩然《望洞庭湖赠张丞相》中那著名的一联前面加上了“改革开放”这改变了中国道路也改变了岳阳命运的词——“改革气蒸云梦泽，开放波撼岳阳城”！

在改革开放大潮中诞生并崛起的大型民营企业——中坤投资集团为了这次诗会的举办，鼎力相助，并邀请诗人们参观了集团在岳阳的开发项目——张谷英村。

2008年11月14日至18日，“《诗刊》社第二十四届湖南岳阳·青春诗会暨中国改革开放三十年诗歌研讨会”在这里召开。这流传着万千诗篇、迁客骚人多汇于此的洞庭湖，因时代的变迁而览物之情确已有了万千差异的洞庭湖，在相聚于此的诗人们面前展开了更广阔的空间。

南湖明月

我们在岳阳的几天，已是洞庭湖畔的深秋时节，但这里树木葱茏翠绿，气温依旧宜人。洞庭南湖之畔的南湖宾馆地处烟波浩渺的湖面里的一个小小半岛上。农历中旬后几天的明月洒下皎洁的清辉，湖上一丝儿风也没有。湖水静得让人听得见自己的呼吸。“湖光秋月两相和，潭面无风镜未磨”，刘禹锡的《望洞庭》大概就是写这种情景了。南湖是见过世面的诗酒之湖，即便是面对李白、杜甫、孟浩然，甚至屈原，它也是波澜不惊。而今天的诗人们也不会辜负了与她的聚会，这湖边静谧的夜晚美好而珍贵，诗会上几位好酒的诗友，当然更易记起李太白的浪漫与任性，千余年前，李白在这洞庭之上写下了“南湖秋水夜无烟，耐可乘流直上天。且就洞庭赊月色，将船买酒白云边”“巴陵无限酒，醉杀洞庭秋”，这些诗意的酒气，让诗人们恍惚间有了醉意，而趁上几两好酒“白云边”，那几位的癫狂就如这湖水一样壮阔了。

早上，也是湖畔观光带最好散步的时候。我偶尔早起，总会遇见正漫步的师友，于是，说说、转转。闲适的钓者，“啪啪”地甩几条鱼上来，真若李义山五言诗中说的“洞庭鱼可拾，不假更垂罾”。

湖畔坡地上的野菊花在清爽柔和的晨风中摇曳，每见此景，总想，诗会选择的地方真是美妙，这南湖岸边欣然的诗意自然地涌动，但这湖水这时光太安静了，只怕那诗句一被念出，便由静静的湖水传给了诗圣与诗仙。在这美好的清晨，我们只有静听天籁。

诗会流水

11 月 15 日上午，“《诗刊》社第二十四届湖南岳阳·青春诗会暨中国改革开放三十年诗歌研讨会”开幕式在南湖宾馆 4 号楼多功能厅举行。中国作协党组成员、书记处书记张胜友致开幕词。岳阳市委常委、宣传部部长徐新启致欢迎词，主持会议的《诗刊》副主编李小雨介绍了与会领导、专家与诗人。青年诗人黄金明代表 23 位青年诗人发言。参加过第 12 届“青春诗会”的诗人、岳阳市委宣传部副部长杨孟芳介绍了会议日程安排。《诗刊》主编叶延滨，中国社会科学院文学所研究员、博导杨匡汉，中国作协创研部研究员、中国诗歌学会秘书长张同吾，中国作协创研部创作研究处处长何向阳等诗人、评论家，就中国改革开放三十年诗歌的变化与发展做了精彩的主题发言。

15 日下午，研讨会在 2 号楼 2 楼会议室继续进行，《诗刊》下半月刊主任林莽主持了会议。林莽首先谈了诗会稿件要求，并介绍了诗会改稿分组情况。《诗刊》老编辑王燕生、副主编李小雨、副社长王青风，上半月刊副主任杨志学等发言。

16 日上午，游览了号称“天下第一村”“江南第一屋场”“民间故宫”的张谷英村。下午，游览了胸怀人间忧乐的岳阳楼和被称为“东方伊甸园”的君山岛。

17日上午，参观了平江起义纪念馆和旧址。下午，参观了任弼时纪念馆和故居。

诗会期间，李辉、王燕生老师、王妍丁、刘涛(左起)合影

18日上午，在改稿。下午，林莽主持了本届“青春诗会”的总结会。会上，王青风要求大家摈弃浮躁，找到自己；王燕生希望“青春诗会”不是个人创作的总结或终结，而是一个创作道路上的加油站；林莽叮嘱与会青年诗人，做好文化准备，阅读积累，勤奋练笔，争取突破。总结会下半场由青年诗人李满强主持了形式活泼的告别会。

会议期间，岳阳当地诗人曹利华、叶菊如，还有从湖南各地赶来的邓朝晖、流云等诗友，更有从遥远的黑龙江奔来的徐书遡参加了全部或者部分活动。

中国作协信息处处长胡殷红、《文艺报》记者武翩翩、《中华读书报》记者舒晋瑜出席了会议。

洞庭湖大概是世界上拥有最多诗篇的湖了，已有万千文字在描述这种种神妙，而山水自在，不受谀谄。诗会期间，当地宣传文化部门和诗友们以无私的友谊，热诚相助，也如山高水长的湖湘大地一样，“闲分楚水入丹青，不下此堂临洞庭”，唐人鲍溶的情怀自然已让我们相互记在心间了。

诗魂何处

大概因为我们要到平江和汨罗拜谒杜甫墓和屈子祠，17日早上，老天就飘起了蒙蒙细雨。在雨中奔赴平江和汨罗，此情此景，真正是最为恰当了。但我们终是没有去成！杜甫墓在平江城南，因修路没法前往；从平江去汨罗的路上，因为前面突发车祸，我们的车竟然堵了两个小时，因而也没能成行。诗魂何处？竟使这一群心怀景仰的后世子孙寻觅不得？！那细雨似乎是白白地张了声势。

回岳阳的路上，我对几天来一直忙活着给大家报销，跟在每项活动后结账的邻座的史岚说，我一定会再来岳阳，去屈子祠、杜甫墓，瞻仰拜会两位诗歌的万世师长。想必车里的诗友们也都会做如是念想。

18 日晚上，我们参加了首届岳阳文化艺术节开幕式，并观看了开幕式演出——被称作大型地域风情舞蹈诗的节目《家住长江边》。伟大诗人三闾大夫屈原在台上摇着扇子，大概在轻吟《湘夫人》，“袅袅兮秋风，洞庭波兮木叶下”。恍惚中，时光交错，洞庭、诗歌、青春，我们真的在这里吗？

16 日下午，从张谷英村返回岳阳后，我和唐力、夏阳、蔡书清乘坐流云的小车，赶得慢了，没能看到湖边的诗歌刻石，但还是追上大队伍，登上了岳阳楼！

还能怎么往下写呢？！千年前，范仲淹就已说“前人之述备矣”。到了这里，必须安静下来，在心里念叨一下那千古雄文，“浩浩汤汤，横无际涯……心旷神怡，宠辱皆忘！”来岳阳前，我就在百度网上分别输入巴陵、洞庭、岳阳等词搜索了，诗词韵文竟然打了 A4 纸 18 张！导游小姐知道来的是一群诗人，在讲岳阳楼诗词时，特别地提到了比范仲淹晚生了近三百年的虞集的诗句“我来不为湖山好，只欠岳阳楼上诗”。诗虽不及唐人句厚重工整，但其豪气与心志，倒正如这一群登楼的当代青年诗人。

16 日下午，登上洞庭湖里的爱情岛屿君山时已近黄昏。那被刘禹锡说成青螺一样的小小的岛故事太多，娥皇、女英和洒满斑斑泪痕的湘妃竹，柳毅传书和通向洞庭龙宫的柳毅井……那传说和景点辉映着，情景交融，很是感染了这群游客。于是，有人再三抚摸了竹子，有人在湘妃祠里为爱情跪祈，有人欢呼着拍到了落日……也许，我们这样一群寻觅着的诗歌赤子，会有那么一二位因为自己的故事而被君山记住？

师生之谊

28年前，组织第一次后来被叫作“青春诗会”的“青年诗作者创作学习会”时，王燕生老师正值中年，而今“青春诗会”已是绿树成荫、繁花似锦，而老先生也已银发满头，被大家亲切地唤做“老爷子”了。虽年事已高，疾病缠身，但一谈起诗歌，谈起《诗刊》和“青春诗会”，王老师立即神采飞扬，热爱诗歌和热爱《诗刊》之情溢于言表。在16日下午的座谈会上，王老师介绍“青春诗会”的缘起和历程，对于《诗刊》在改革开放初期，推出的诗人和有影响的诗歌一一道来，如数家珍。他认为三十年来的诗歌一直具有担当精神而走在时代前列，所谓诗歌脱离社会、脱离人民的帽子早该扔掉了，他引用了确切的期数、文章和诗歌来澄清了两个事实：一是，《诗刊》引发了朦胧诗的世纪大讨论，而不是某报在报道中所称的兄弟刊物；二是，某社出版的《20世纪爱情诗大典》的序言说“1984年，爱情诗开禁”，而事实是1979年4月号的《诗刊》就开设了“爱情诗”专栏，当期就刊有舒婷的《致橡树》等，1980年，林子的《给他》在《诗刊》发表……

诗会期间，李辉、王燕生老师、王妍丁、金铃子（左起）合影

王老师身体不好，但因为诗歌而带病来到会上。他鹤发童颜、精神矍铄，对诗歌异常认真的态度，在诗会上给大家留下了深刻印象。诗会几天里，他的改稿小组里，李辉、刘涛、王妍丁和王老师形影不

“青春诗会”期间，四姐妹合影。左起：金铃子、苏黎、杨方、林莉

离，两位朴实憨厚的男生搀扶着老先生，浓浓的师生情谊，有一种诗意的芬芳。

在总结会上，周所同老师诚恳、殷切的话引起了大家的思考。他说，诗人所抒写的经验愈是个人生活的，愈是广阔历史的，诗人便要敢于担当压在我们肩上的一切；好的诗歌作品应该是超越了日常情感而唤起人们的审美情感的。

临别的晚宴上，金铃子请周所同老师留下临别赠言。周老师信笔写道：“剥石苦磨始转莹，山光火焰指下生。梦为蝴蝶春不管，应有草裙夺花红。”题为《有赠》的这首七绝，说出了《诗刊》和老师们对青年诗人的殷切期望。

会议，活动，改稿，编刊，各位老师和青年诗人们会上、会后的细致交流，无法在此一一道出。面对诗歌，《诗刊》老师们的付出如这一湖碧水，清澈而丰厚。

烟波不逝

按照18日下午的总结会上主持人林莽的说法，这次“青春诗会”参加者是各路神仙都有。确实是这样，程鹏在深圳打工，黄金明、郭晓琦、刘涛是刊物编辑，周野是电视编导，蔡书清做警察，苏黎、张红兵做老师，有人搞企业，有人是公务员……工作和生活环境的不同，个人气质的差异，使这届诗会的作品丰富多样，也引发了一些关于题材与概念的思考和讨论，“担当”成为这次会议的重要词汇。李小雨在座谈会上说，新时期以来，新诗所秉持的强烈的社会责任感、积极参与的时代意识、大胆真实的内心流露以及崭新的创作手法，都在社会大转型时期引起了人们的强烈共鸣，而诗人也高度关注自身命运，表现出对时代和自我的严肃审视；林莽在主持会议时说，先做敢于担当的活生生的人，真诚地面对世界和自我，才能写出有正确价值取向的诗。

几天下来，各位与会诗人的形象慢慢地生动、丰满起来。从20世纪80年代名字就在诗坛响亮了的张作梗，已离开湖北京山，在江苏扬州扎下了根，有模有样地经营着他的企业，而在生存背后，支撑着他的就是永不会放弃的诗歌！告别会上，他说，希望诗友们经常在刊物上重逢。看，念念不忘的还是创作！

黄金明对诗歌有较深层次的思考。他在开幕式上的发言中说，“青春诗会”不止是对个人创作的肯定，而更是一种诗歌精神的薪火传递。经过了时光的销蚀，“青春诗会”更见其灼灼光华。

去看屈原的路上，堵车了。车外是细雨，车内是焦急，李辉站了起来，他满怀激情、语调铿锵地背诵了曾参加第六届“青春诗会”的诗人吉狄马加的作品，使大家活跃、热闹了起来。

虽然白天总是大会、游览，按照会议安排，晚上是集合和分散改稿的时间。每晚，大家总是认真地谈稿、改稿到深夜。有个深夜，改稿会后，我和阎志、陈人杰、周野、刘克胤等诗友前往市区宵夜，买单时，不知哪位冒出一句：小妹，拿稿子过来。改稿改到时刻想着稿子，诗会的紧张和与会诗人的认真可见一斑。

电视导演周野在告别会上认真地表演了配乐诗朗诵《水调歌头·明月几时有》。由于他在音乐进行中，老是引导大家想象情景，他的朗诵被我们误读为搞笑，倒是引来很多掌声、笑声。西北诗人，唱功颇好，告别会上，李满强大吼了几嗓子西部情歌，张怀帆唱了两个早期版本的《东方红》，都颇有彩头。

张怀帆与鲁克住在一个房间，两位对诗歌怀着无限的热爱与敬畏，每夜每夜地谈论稿子，互提建议与意见，甚至有一夜熬到了天亮。

这次诗会的几位女诗人大都是安安静静的。林莉的“诗观”本来可以过关了，但听到林莽老师和我的意思略微勉强，坚持改到了满意为止。告别会上，她因为返程车次时间问题，就在会后要求提前发言，没想到两个羞涩的动作——对着老师和大家的鞠躬和手语“我爱你们”，把大家的离愁别绪一下子打开了，随后大家在发言中就慢慢地红了眼圈。王妍丁的朗诵竟然如播音员一样有磁性。杨方每天凌晨都起早沿南湖观光带跑步，最没有辜负这洞庭美景的应该是这位出生在大西北、生活在浙江的诗人了……

青春和诗歌，最是火焰一样的跳跃和蓬勃！林莽和王燕生在告别会上青春再现，林莽朗诵了带有他们这一代人的青春印记的诗——食指的《相信未来》最早的手抄版；王燕生朗诵了自己的作品《带翅膀的梦》。

诗会散去，而一切并未走远，洞庭烟波不会消失，从此更是萦绕在我们心底。这湖畔收获的诗歌也正在摇曳中吐蕊初绽，或许明天、后天，这就是一片簇拥在诗歌百花园里灿烂盛开的花朵。

青春诗会

第二十五届

2009

第二十五届（2009 年）

时间：

2009 年 11 月 10 日 ~ 15 日

地点：

湖南株洲西苑宾馆

指导老师：

李小雨、周所同、杨志学、聂鑫森、唐　力、彭　敏等

参会学员（15 人）：

李成恩、津　渡、黄礼孩、韩宗宝、横行胭脂、丁一鹤、谢荣胜、曹利华、董　玮、申　艳、阿　华、谈雅丽、麻小燕、叶菊如、文　心

第二十五届“青春诗会”学员全家福。前排左起：阿华、谈雅丽、李成恩、文心、曹利华、黄礼孩；中排左起：申艳、董玮、横行胭脂、韩宗宝、麻小燕、丁一鹤；后排左起：叶菊如、谢荣胜、津渡

诗人档案

李成恩（1983~　），女，生于安徽灵璧，现居北京。中国作家协会会员。著有诗集《汴河，汴河》《春风中有良知》《池塘》《高楼镇》《酥油灯》等，随笔集《文明的孩子》《写作是我灵魂的照相馆》等十多部，另有《李成恩文集》(多媒体十二卷数字版)。曾获得首届屈原诗歌奖、首届海子诗歌奖、台湾叶红全球华文女性诗歌奖、柔刚诗歌奖、中国80后十大优秀诗人、中国当代诗歌奖、《诗选刊》年度先锋诗歌奖等奖项。参加了《诗刊》社第二十五届“青春诗会”。其部分作品已被译成英文、法文、德文等语言。

青花瓷，秋天

李成恩

光线从绿树冠越过，照射青花瓷的细腰
逻辑静止，秋水恬淡

我迷恋唐朝，研读女红
对财务也情有独钟，在秋天伸出懒腰

懒腰闪烁，秋虫细碎
我端茶倒水，养了一盆翠竹、两只绵羊

困顿是有的，但清醒的时候
我进入青花瓷烧制的工厂，简直是梦游

秋天也是梦游，山冈上冒出的动物
跑过来跑过去，与青花瓷瓶拥挤在一起

我的前额光洁，手指如竹
打扫庭院，树上的红果坠落，我一惊一乍

自然界的变化不是我心灵的变化
今夜月亮坠落时天地的暗淡一下子控制了我

我相信劈开的木柴里藏着的青花瓷瓶
是我的所爱，也是我值得赞赏的秋虫

青花瓷伸长脖颈，修长的逻辑
像女红，像财务，清淡而陌生

青花瓷、秋天

李敬泽

光线从綠樹冠越过、照射青花
瓷的細腰
邏輯靜止，秋水恬淡

我迷恋唐朝，研讀女紅
对財務也情有獨鍾，在秋天
伸出懶腰

懶腰闪烁，秋虫細碎
我端茶倒水，养一盆翠竹、
两只綿羊

周顿是有的，但清醒的時候
我进入青花瓷烧制的工厂，简直是梦游
秋天也是梦游，山岗上冒出的动物
跑过来跑过去，与青花瓷瓶拥抱在一起

我的前额光洁，手握如竹
打扫庭院，枝上的红果坠落，我一惊一乍
自然界的变化不是我心灵的变化
今夜月亮坠落時天地的暗淡一下子控制了我

我相信劈开的木桌里藏着的青花瓷瓶
是我的所爱，也是我值得赞赏的秋去
青花瓷伸长脖颈，修长的逻辑
像女红，像財務，清淡而陌生

诗人档案

津渡（1974~　），本名周启航。湖北天门人。作品散见于《人民文学》《诗刊》《中国诗人》《诗歌月刊》《文学界》等。曾参加《诗刊》社第二十五届“青春诗会”。著有诗集《山隅集》《穿过沼泽地》《湖山里》，儿童诗集《大象花园》，散文集《鸟的光阴》《草木有心》等。

两个我

津　渡

我母亲只生下过我一次
我一生要写两辈子的诗

在酒精里我与我搏斗
在镜子里我伪装死去

肉体在床榻上忍受鞭笞
灵魂却轻轻跳出了窗子

我在扉页上开始
在封底与我巧遇

百年前另一个我替我活着
百年后我替另一个我去活

我活着是为了见证我的多余
我死去后人们会传说我活着

两个我

我母亲只生下过我一次
我一生要写两辈子的诗

在酒精里我与豕搏斗
在镜子里我佯装死去

肉体在床榻上忍受鞭笞
灵魂却轻轻跳出了窗子

豕在扉页上开始
在封底与我巧遇

一百年前另一个我替我活着
一百年后我替另一个我去活

我活着是为了见证我的多余
我死后人们会传说我活着

津渡作
二〇二〇年五月抄录

诗人档案

黄礼孩（1975~　），广东徐闻人。《中西诗歌》杂志主编。出版诗集《我对命运所知甚少》、《抵押出去的激情》、《给飞鸟喂食彩虹》（英文版）、《谁跑得比闪电还快》（波兰文版），舞蹈随笔集《起舞》、艺术随笔集《忧伤的美意》、电影随笔集《目遇》，诗歌评论集《午夜的孩子》等多部作品。1999年，创办《诗歌与人》，是21世纪以来中国重要的民间诗刊之一。2005年，设立“诗歌与人·国际诗歌奖”。2008年创办“广州新年诗会”。曾获2014年凤凰卫视“美动华人·年度艺术家奖”、第八届广东鲁迅文学艺术奖、第五届中国赤子诗人奖、第二届中国长淮年度杰出诗人奖等奖项。

秋日边境

黄礼孩

直到秋日，我才看清时间的面容
果实的花蒂
摇摆旅途的影子
过去的，现在的，无所适从的
从大海的斜面
连接没有边际的生活
那里杂草丛生，好天气不多
你在暗处起舞，夏天已经越过
多雨的季节
你在经历异乡人的冒险
几次改变回家的念头。那里草原明丽
没有角落，也没有边缘
你携带的爱，多了一些迟疑

秋日边境

黄礼孩

直到秋日，我才看清时间的面容
果实的花蒂
摇摆旅途的影子

过去的，现在的，无所适从的
从大海的斜面
连接没有边际的生活

那里杂草丛生，好天气不多
你在暗处起舞，夏天已越过
多雨的季节

你在经历异乡人的冒险
几次改变回家的念头。那里草木明丽
没有角落，也没有边缘
你携带的爱，多了一些迟疑

2009第二十五届青春诗会

诗人档案

韩宗宝（1973~　），生于山东诸城。中国作家协会会员。作品散见于《诗刊》《星星》《诗选刊》《花城》等刊物。有作品入选多个年度选本。曾参加《诗刊》社第二十五届“青春诗会”和全国青创会。著有诗集《潍河滩》《一个人的苍茫》《韩宗宝的诗》《时光笔记》等七部。现居青岛。

游泳记

韩宗宝

一个孤独的人
在春天的最后一个下午去河里游泳
他把衣物和往事放在岸上
然后把头和脸深深地
埋在水里
让整条河替他哭泣

游泳记

韩宗宝

一个孤独的人
在春天的最后一个下午去河里游泳
他把衣物和往事放在岸上
然后把头和脸深深地
埋在水里
让整条河替他哭泣

载《诗刊》2009年12月青春诗会专号

诗人档案

横行胭脂（1971～ ），女，本名张新艳，出生于湖北天门。中国作家协会会员。参加了《诗刊》社第二十五届“青春诗会”。曾在《人民文学》《诗刊》《花城》《北京文学》《小说月报》《星星》《青年文学》《光明日报》《作品》等百余家报刊发表诗歌、散文、小说、评论两百万字。曾获中国年度先锋诗歌奖、第三届柳青文学奖、陕西青年诗人奖等奖项。诗集《这一刻美而坚韧》入选“21 世纪文学之星丛书”。

今日歌

横行胭脂

今日青山隐隐　河流唱歌　大风去向高原
今日花朵摆脱了生育的形状　蝉从唐朝的茧子里爬出来

今日我决定带上三倍的灵魂去散步
请提供教堂　野花　洒满太阳光粒儿的原野

请提供一只有理想的毛驴　请提供一百个劳动者
苦涩的地址　一百个新鲜的信封

今日我去问候大地上的那些人　还有那些事
麦子紧密　果实夸张　我去感谢天空降低了它的乳房

今日我去告诉一个人　你即使有万里河山
你也不是英雄　如果你没有内心惆怅的美斑驳的忧伤

今日　对于时间　对于空间　我是有用的
时间在我身上流淌　我像一个最好的词语嵌在生活里

今日歌

今日青山隐隐 河流唱歌 大风去向高原
今日花朵摆脱了世俗的形状
蝉从唐朝的茧子里爬出来
今日我决定带上三倍的灵魂去散步
请提供教堂 野花 撒满太阳光粒儿的原野
请提供一只有理想的马驴
请提供一百个劳动者
苦闷的地址 一百个新鲜的信封
今日我去问候大地上的那些人 还有那些事
麦子紧密 果实夸张
我去感谢天空降临了它的乳房
今日我去告诉一个人 你即使有万里河山
你也不是英雄 如果
你没有内心惆怅的莫斑驳的忧伤
今日，对于时间 对于空间 我是有用的
时间在我身上流淌
我像一个最好的词嵌在生活里

横行胭脂抄青春诗会诗一首

2020.6.21

诗人档案

丁一鹤（1970~　），生于山东省诸城市。中国作家协会会员。参加了《诗刊》社第二十五届“青春诗会”。已发表作品八百余万字，获金盾文学奖、“三个一百”原创作品奖、优秀畅销书奖等六十余项作品奖。著有《清网行动》《飓风行动》《东方白帽子军团》《东方黑客》等作品三十余部。《东方黑客》《飓风行动》被改编为影视作品。作品入选《新中国70年文学丛书》等多种选本。

空　城

丁一鹤

诸葛亮正在城楼
轻抚琴弦　坐观山景
只听得城外乱纷纷
司马懿的大军在岁月的烟尘中
呼啸而至

琴声让草木点头
风头静止
万马千军齐喑

清越啊超拔　纯粹啊高大
琴声是如此宁静

踏尘而过的马

咆哮低吼的士
岌岌可危的城
还有我单纯的倾听

老兵卒在扫自家的门前
他要煮酒宴客
把酒话桑麻

万马奔腾中
一缕琴声有多大
它的穿透力
撞击着我的胸膛

天籁　人间不闻
溶化钢铁和欲望

秋风阵阵吹进窗
好像琴声在歌唱
高墙万仞啊
是一张风中的薄纸
一声琴音
就是千军万马

危城之外　谁人计数
鹅毛扇摇白了多少骨殖
而这万里江山　既不姓诸葛
也不是司马家的

空城

丁一鶴

我正在城樓觀山景
只聽得城外亂紛紛
琴聲讓草木低垂
風頭靜止萬馬千軍齊喑
清越而超拔
純粹而高大
琴聲是如此寧靜
踏塵而過的馬
叱咤低吼的士
岌岌可危的城
還有千年之後
我單純的傾聽

寂靜啊天籟
熔化鋼鐵和欲望
萬馬奔騰中 一縷琴音
穿越歷史烟塵
高墻萬仞 是一張風中薄紙
一聲琴音 就是千軍萬馬
危城之外 誰人計數
鵝毛扇摇掉了多少性命
而江山
既不姓諸葛
也不姓司馬

原載詩刊 2009.12 丁一鶴

谢荣胜（1970~　），生于渭水之滨陇西，现居五凉古都大凉州。中国作家协会会员。出版诗集《雪山擦拭的生活》《在河之西》。参加了《诗刊》社第二十五届“青春诗会”。

甘肃石窟

谢荣胜

麦积山、炳灵寺、天梯山、敦煌石窟
秦岭　祁连　鸣沙的路上
渭河　黄河　黑河
大地湾　丝绸路
唐僧、胡人、西夏
羊皮筏子、皮影戏、河西宝卷
都在他们的浸润中
每座石窟都有自己的方言
每座钟声都有自己的故乡
他们教给我
面对沉重的生活和无奈的命运
学会宽容、沉默和说不
人生和生活的高峰
总是隐入最温柔的部分

甘肃石窟

谢荣胜

麦积山炳灵寺天梯山敦煌石窟秦岭祁
连鸣沙的路上渭河黄河黑河大地湾丝绸
路唐僧胡人西夏羊皮筏子皮影戏河西
宝卷都在他们的浸润中每座石窟都有
自己的方言每座钟声都有自己的故乡他
们教给我面对沉重的生活和无奈的命运
学会宽容沉默和说不人生和生活的高
峰总是隐入最温柔的部分

诗人档案

曹利华（1969～ ），湖南省岳阳市人。参加了《诗刊》社第二十五届“青春诗会”。2010年被中国作协《诗刊》社、《星星》诗刊社评为“首届中国十大农民诗人”。获蔡文姬文学奖、汨罗文学奖等奖项，出版诗集《大地之衫》。

喜欢陶渊明的词语

曹利华

我成了一些汗水的附加词
无数种子游历的附加值。没有理由否定
幸福是一根来自天堂的线段
曾在天堂虚设，正如没有理由否定
我会同田埂一道漫游，更会被它牵引着
到达幸福的另一端点
作为泥土的消化者
我与一截粗壮的蚯蚓有什么分别
即便洪水的刀锋从天垂降
还有一群并不发达的词语，与月光一同漫游

喜欢陶渊明的词语，一枝漱口的菊
喜欢执笔的手
抚摩诗国天空下身段柔软的炊烟

走进夜暗遍体鳞伤，也能泥心洗面
喜欢他把田亩耕出一张桃花的脸
桃花就是他绝色的美人
不以秋悲，以田喜，乐思苦虑
划拨出一朵天真无邪的桃花烂漫的边际
只应酬一株杂草，真情在穷街陋巷游弋
陈家湖一圈秀秀的湖泊，就是我洗笔的名砚
它让我记起，从一朵清菊可以跳到一座山的高度

喜欢陶渊明的词语

我成了一些汗水的附加词
无数种子游历的附加值。没有理由否定
幸福来自天堂的线段
总在天堂虚设，正如没有理由否定
我会同田埂一道漫游，更会被它牵引着
到达幸福的另一端点
作为泥土的消化者
我与一截粗壮的蚯蚓 有什么分别
即使洪水的刀锋从天垂降
还有一群并不发达的词语，与月光一同漫游
喜欢陶渊明的词语，一枝漱口的菊
喜欢执笔的手
抚摸诗国天空下身段柔软的炊烟
走进夜暗遍体鳞伤，也能泥心洗面
喜欢他把田亩耕出一张桃花的脸
桃花就是他绝色的美人
不以秋悲，以因喜，乐趣苦虑

划拨出一朵天真无邪的桃花烂漫的边际
只应酬一株杂草，直插在穷街陋巷游弋
陈家湖一圈秀秀的湖泊，就是我洗笔的名砚
它让我记起，从一朵油菊可以跳到
一座山的高度

选自《星星》原创版 2013.7 黄利华书

诗人档案

董玮（1969~　），女，辽宁本溪人，现居山东东营。中国作家协会会员。出版过诗集《地脉》，长篇报告文学《石油之子》。作品入选中国年度诗歌各类选本。在《人民文学》《诗刊》《诗选刊》《飞天》《山东文学》等刊物发表作品。获得过朝阳文学奖等各类奖项。参加了《诗刊》社第二十五届“青春诗会”。

秋虫阵阵

董　玮

你可以打磨出它的漆黑，油亮
却无法让心，也那么疼一下

你可以捕捉到阵阵惶惑、凄远
却无从知晓，为着什么

你整夜被隔世的絮语，搅得
不得安生，任凭它清晰又渐渐飘忽

你可以重获一种安宁，稻香的田野
赶远路的人、山道，低低地叮咛里远了

你可以感到它的无力，忽明忽暗地挣扎
是草木深，是整个田野发出的

你可以被熄灭、点燃。微弱的一生短促
又无奈，散布在乡野上的清寒，小野菊

你可以沿它的空旷，一直走下去
一阶阶声声慢，一弯摇橹的月色

秋虫阵阵

董玮

你、可以打磨出它的漆黑、油亮
却无法让心，也那么疼一下

你、可以捕捉到阵阵惶恐、凄远
却无从知晓，为着什么

整夜被隔世的絮语，搅得
不得安生，任凭清晰又渐渐飘远

你、又重获一种安宁，稻香的田野
赶远路的人、山道，低低叮咛里远了

你、感到它的无力，忽明忽暗地挣扎
是草木深，是整个田野发出的

你可以被熄灭，点燃。微弱的一生经történ

又无奈。散布在乡野上的清寒，小野菊

你可以沿它的空明，一直走下去
一阶阶声声慢，一弯摇橹的月亮

原载于《诗刊》2009.12（上）

阿华（1968～　），女，本名王晓华，山东威海人。诗歌作品散见《人民文学》《诗刊》《山花》《飞天》《十月》等刊物，有诗歌作品入选各种诗歌选本。著有诗集《香蒲记》等　。参加《诗刊》社第二十五届“青春诗会”。山东省作家协会签约作家。

给我辽阔的……

阿　华

给我辽阔的，是这人间的梨树镇

我曾在黄昏来临时，去坡地散步
也曾在河边，看到菖蒲在风里
摇摇摆摆

在梨树镇，我看到桃树
萌芽，生叶，抽枝，开花
也看到，蚁群在运粮，大雁往南飞

——紫叶李最后的一片叶子
自由自在地落地，又满心欢喜地腐朽

给我辽阔的，是这人间的梨树镇

墙壁上的爬山虎，深幽又柔韧
草本的旱莲草，秋天里落下了籽

你问我，更喜欢鹅掌楸
还是乌桕树，我无法回答你

但我知道，在这里
这人间的梨树镇，我体会到的爱
没有面额，无以数计

给我辽阔的……

阿华

给我辽阔的，是这人间的梨树镇

我曾在黄昏来临时，去坡地散步
也曾在河边，看到菖蒲在风里
摇摇摆摆

在梨树镇，我看到桃树
萌芽，生叶，抽枝，开花
也看到，蚁群在运粮，大雁往南飞

——紫叶李最后的一片叶子
自由自在的落地，又满心欢喜地腐朽

给我辽阔的，是这人间的梨树镇
墙壁上的爬山虎，深幽又柔韧
草木的旱莲草，秋天里落下了种子

你问我，更喜欢鹅掌楸
还是乌桕树，我无法回答你

但我知道，在这里
这人间的梨树镇，我体会到的爱
没有面额，无以数计

诗人档案

谈雅丽（1973～　），女，湖南常德人。中国作家协会会员。鲁迅文学院36届高研班学员。曾参加了《诗刊》社第二十五届“青春诗会”。出版诗集《鱼水之上的星空》(入选中国作协“21世纪文学之星丛书”)、《河流漫游者》，散文集《沅水第三条河岸》《江湖记：河流上的中国》。

鱼水谣

谈雅丽

你要爱我的洞庭湖甚于往日
要沿着我的血管找到荷花开放的源头
你要爱上源头的青山
青山背后燕子衔来的暮色
你要爱上暮光中我喂养过的白鹭
在湖边，它们会认出我和我的所爱
你要爱上十岁的我手中的丝网

你还得爱我家乡怀抱篱笆的老屋
屋后满园柑橘的酸甜
爱上老屋里我白发苍苍的亲人
爱他们古铜的微笑和不停地唠叨
你要爱上我忍受的别离
爱上岁月给我那滴委屈的眼泪

爱它们至今随上弦月——
呼啸到远去的田野

如果你爱了我这么多
你会拥有更广阔的胸怀
我将温柔对你
我会爱上你的全部
全部的！你的平原山川，河流谷壑
你夜夜梦中的——
十万公顷海水和波涛汹涌的
那一曲乡愁

鱼水谣

谈雅丽（25届青春诗会）

你要爱我的洞庭湖甚于往日
要沿着我的血管找到荷花开放的源头
你要爱上源头的青山
青山背后燕子衔来的暮色
你要爱上暮光中我喂养过的白鹭
在湖边，它们会认出我和我的所爱
你要爱上十岁的我手中的丝网

你还得爱我家乡怀抱篱笆的老屋
屋后满园柑桔的酸甜
爱上老屋里我白发苍苍的亲人
爱他们古铜的微笑和不停地唠叨
你要爱上我忍受的别离
爱上岁月给我那滴委屈的眼泪
爱它们至今随上弦月，呼啸到远方的田野

如果你爱了这么多
你会拥有更广阔的胸怀
我将温柔对你，我会爱上你的全部
全部的！你的平原山川，河流谷壑
你夜夜梦中的——
十万公顷海水和波涛汹涌的
那一曲乡愁！

2020年1月8日沅水江畔

诗人档案

麻小燕（1970～　），女，原名麻丽然，山西原平人。中国文物学会会员，古代字画鉴定师，收藏家。曾参加《诗刊》社第二十五届“青春诗会”。创办傅青主文化交流有限公司及北京青春诗荟文化交流有限公司至今。

雪　山

麻小燕

寒冬点燃北方的白雪
让远山富有参差斑驳的质感
让河流停顿，坚守着
对季节的诺言。我喜欢大山，
持重与云靠近，和太阳攀亲。
我喜欢他坚实的根部和泥土的交谈，
喜欢环绕的河流对他不舍的柔情。
清凉的白雪意味着苏醒。
意味着大山阴阳的两面，
意味着滋润和渗透将归于根系归于生长，
无论小草和参天大树云和风的过往
那耀眼的半径，太阳
升起或落下，月亮都在他的脊背！
沉默即等待，思想的岩石
以及风的钢琴，这纯粹的白雪的歌声。

雪山

麻小燕

寒冬点燃北方的白雪
让远山富有参差斑驳的质感
让河流停顿，坚守着
对季节的诺言。我喜欢大山，
持重与云靠近，和太阳攀亲。
我喜欢坚实的根部和泥土的交谈，
喜欢环绕的河流对他不舍的柔情。
清凉的白雪意味着苏醒，
意味着大山阴阳的两面，
意味着滋润和渗透将归于根系归于生长，
无论小草和参天大树 云和风的过往
那耀眼的半径，太阳
升起或落下，月亮都在它的脊背！
沉默即等待，思想的岩石
以及风的钢琴，这纯粹的白雪的歌声。

2017年写于雁门

诗人档案

叶菊如（1971～　），女，湖南岳阳人。中国作家协会会员。著有诗集《一种寂静叫幸福》《别样心情》《湖边望》等，曾参加《诗刊》社第二十五届“青春诗会”。曾获首届闻捷诗歌奖和第二届岳阳文学艺术奖等奖项。

湖边人家

叶菊如

这片水域唯一的院落，是神秘的
它用一只大黄狗
一个男主人
几缕出没无常的炊烟
阻拦我们的离去

铁山水库隐居于洞庭湖边
无人能懂的
闲寂，从男主人口中说出
依然无人能懂

绕过湖边人家，我们在雪地里
闲聊，呆望，渔船上
有一只鸬鹚展开了翅膀
也许，下一秒
能逮住一条红鲤。而雪正慢慢地飘下来
仿佛是，走捷径的书信

湖边人家

叶菡如

这片水域唯一的院落，是神秘的
它用一只大黄狗
一个男主人
几缕出没无常的炊烟
阻拦我们的离去

铁山水库隐居于洞庭湖边
无人能懂的
闲寂，从男主人口中说出
依然无人能懂

绕过湖边人家，我们在雪地里
闲聊，呆望，渔船上，
有一只鸬鹚展开了翅膀，
也许，下一秒
能逮住一条红鲤，而雪正慢慢飘下来
仿佛是，走捷径的书信

二〇一九年一月

诗人档案

文心（1969~　），本名王文新。河北省滦南县人。中国诗歌学会会员。2008年2月创办“文心诗社”。2009年10月创办《滦河》杂志。参加了《诗刊》社第二十五届“青春诗会”。

天　亮

——在滦河，我可以仰起头来自言自语

文　心

牛角尖儿最先沾了曙光
它是从草檐的露珠间钻过来的
稍后是牛眼、牛鼻、拴牛的牛绳
甚至反刍的声响

手顿了一下撩开草帘
窗前的豆叶近了一点儿
豆前的青草近了一点儿
草前的河水近了一点儿
水底的鳞光近了一点儿
更多的鳞白及农人的脚步
近了一点儿
瓜棚与河岸近了一点儿

而东岸鸡鸣渐远
西岸已备足了犬吠

天亮

幺心

——在滦河，我可以仰起头来自言自语

牛角尖儿最先沾了曙光
这是从草檐的露珠间钻过来的
稍后是牛眼、牛鼻、拴牛的牛绳
甚至反刍的声响

手顿了一下 撩开草帘
窗前的豆叶近了一点儿
豆前的青草近了一点儿
草前的河水近了一点儿
水底的鳞光近了一点儿
更多的鳞白及农人的脚步
近了一点儿
瓜棚与河岸近了一点儿

而东岸鸡鸣渐远
西岸已备足了犬吠

诗意与青春之旅

——第二十五届“青春诗会”侧记

唐　力　彭　敏

集结号：向株洲出发

2009年11月10日，早晨6点，庐山，还沉浸在浓雾的睡梦中。有几个人，却已在庐山之巅醒来，他们在微寒的风中，登上一辆小车。盘旋着向山下驶去，而他们朦胧的睡意，一半留给了庐山的山路，一半留给了山下的九江火车站。

这几个人就是：诗评家、首都师范大学教授、博导吴思敬，《诗刊·上半月刊》编辑部副主任杨志学，编审周所同，编辑唐力和彭敏。因为《诗刊》社第二十五届“青春诗会”将在工业城市——株洲召开，而他们作为先遣部队，将由九江乘坐火车，向湖南株洲进发。

在火车铿锵的节奏中，“青春诗会”的集结号声已经吹响。当我们行驶在湘楚大地的时候，15位青年诗人，也在向株洲集结，他们在大地、天空中奔走，同样携带着诗歌和青春的荣光。他们的身份各异：有在棉田中劳作的农民、有在三尺讲台上诲人不倦的教师、有威严的检察官、有精打细算的财会人员等，在这些外衣之下，他们都有着火一样热情的青春，都有一颗为诗歌跳动的心脏。

在11月11日，青年诗人曹利华、黄礼孩、横行胭脂、韩宗宝、津渡、李成恩、丁一鹤、阿华、董玮、文心、申艳、谢荣胜、谈雅丽、叶菊如等人都到来了，来得最晚最辛苦的当数诗人麻小燕了。由于山西突降大雪，直至11日晚乘上飞机，深夜才到达株洲。她说，这是"青春诗会"的吸引力，让她不顾风雪的阻挠，飞到了株洲。

第二十五届"青春诗会"期间，阿华、叶菊如、韩宗宝、津渡（左起）合影

在傍晚时分，本届诗会的特邀嘉宾、中国作协原党组副书记、主席团委员、全国政协科教文卫原副主任王巨才，著名诗人、中国作协鲁迅文学院原常务副院长雷抒雁，《诗刊》常务副主编李小雨，湖南省政协副主席、省文联主席、著名诗人谭仲池，湖南省文联党组书记、副主席罗成琰，以及《文艺报》记者刘颋，也来到了株洲。当晚，株洲市委书记陈君文设丰盛的晚宴为大家接风。

晚上9点多钟，在西苑宾馆会议室，召开了预备会。谭仲池主席原定出席开幕式，但因另有要事，不能全程参加，特意抽出时间前来，参与预备会，与诗会的青年诗人见面。他热忱欢迎青年诗人的到来，并鼓励他们通过诗会的交流，促进诗艺，在诗歌的道路上走得更远。此次诗会，得力于谭主席的鼎力相助和联系，在短短的一个月内，他与株洲市文联、长沙市百事可乐公司共同商议，事必躬亲，并指示株洲文联以最快的速度和最周到的优质服务恭候此次诗歌盛会的召开。他对诗歌的热爱，对《诗刊》的支持，让人非常感动。

室外，株洲的夜色温柔，小雨淅沥；室内，心情激动、语调轻柔，在青年诗人的自我简介中，第二十五届"青春诗会"拉开了帷幕。这条诗船将沿着诗意的湘江，展开一条诗意的旅程。

开幕式：赞美祖国，放歌湘江

在湘江美女一曲高雅、优美的古筝演奏之后，“赞美祖国，放歌湘江——第二十五届‘青春诗会’开幕式暨诗歌高峰论坛”在11月12日上午9点隆重举行。

开幕式由株洲市文联主席周文杰主持，《诗刊》常务副主编李小雨宣读了中国作协党组成员、副主席、书记处书记、《诗刊》主编高洪波给诗会发来的贺信。贺信中说：“诗歌的本质属于青年，属于朝气与激情、热血与锋芒。‘青春诗会’是一次青春与诗歌的聚会，也是现实对未来的相约，更是历史的一次核准与认定。希望青年诗人们珍惜这难得的宝贵时光，静下心来，虚心求教，多听多学，开阔眼界，精益求精，打磨出更多更好的诗篇。”湖南省文联党组书记、副主席罗成琰，株洲市委宣传部部长阳卫国等分别致辞，欢迎诗会代表、嘉宾的到来。

开幕式上举行的诗歌高峰论坛是一次关于诗歌创作方法和诗歌发展现状及问题的集中讨论。专家们的发言，赢得了与会者的阵阵掌声。

雷抒雁在论坛的主题演讲中谈到诗人的思想力、创造力、想象力等诸多问题。他认为，要写出好诗，就要让自己的触角伸到别人的感觉“到不了”的地方，“认识自己”依然是当下诗人要面对的问题。

评论家吴思敬的主题演讲着重阐述了当今诗歌的发展现状和存在的问题。他认为，20世纪初的中国新诗，呈现出一种多元共生、众声喧哗的态势；呈现出一种非常复杂的存在，表现为消解深度与重建诗的良知共存，灵性书写与低俗欲望的宣泄并存，宏大叙事与日常经验写作并存。他提醒参加诗会的青年诗人们关注这样几个问题：底层写作与诗歌伦理问题，地震诗与诗人的社会责任问题，诗人的回归与诗的永恒价值观问题，先锋写作与道德底线问题。

在诗坛产生较大的影响的地方诗刊《诗歌与人》的编者、来自广东的诗人黄礼孩，作为诗会代表在会上发言。他认为，爱、正义和勇气，是诗歌的生命。青年诗人要有抱负，要有责任感。如果作品缺乏对现实的关注，就会轻浮，就会缺乏对社会的担当。

来自湖南省岳阳市的女诗人叶菊如讲了作为一个检察官诗人的心路历程，她说作为检察官，工作内，是巾帼不让须眉；工作外，是诗歌让她找到了与自己心灵对话的方式，找到了另外一个安宁、静谧的自己。最后，王巨才同志以热情洋溢的指导性发言结束了开幕式。

在随后的整个活动中，重中之重，贯穿始终的则是改稿，用心琢磨，打造精品，这是“青春诗会”的特点。本届诗会的辅导老师周所同、杨志学、唐力，在繁忙的旅途中，都带着“青春诗会”的稿件东奔西走，抽空审阅修改。在诗会期间，他们和特邀辅导老师聂鑫森，尽职尽责，与分到自己小组的诗人们探讨、讲解、分析、提出问题并修改稿件，经常谈稿切磋到凌晨2点多钟……由于南方雨天天气寒冷，加上过度辛劳，周所同、杨志学等老师都病倒了。诗人们也互相交流，有许多青年诗人到多个老师处征求意见，反复打磨稿件，精益求精，然后利用晚上的空闲，抓紧修改稿件，最终都交出了满意的作品，可谓“好诗多磨”。正如《诗刊》编审周所同诗云：“剥石苦磨始转莹，山光水焰指下生。”通过稿件的面对面的修改、交流，诗人们都感到在此前的基础上又提高了一大步，对自己今后的创作明确了方向，这也是“青春诗会”的最根本的宗旨吧。

旅程：向源头的回溯

为让青年诗人们更多地领略湖南省独特的地域文化，株洲市文联为本次诗会组织了丰富多彩的采风活动，让诗会充满了动感和深意。

1. 红色之旅

“虽然已经老了 / 我还是要去韶山”，这是王巨才老师语带沧桑的诗句，却又充满了难以抑制的崇敬之情。12日下午，微雨中夹着轻寒，我们怀着和巨才老师一样的情感，驱车来到韶山，来到一个伟人的诞生之地。在毛泽东广场，寒风萧瑟，然而所有人的心里，却依然升起了浓浓的怀念之情，王巨才轻轻地整理花圈挽带，向毛主席塑像敬献了花圈，之后，大家纷纷在毛主席的塑像前留影。接着，我们参观了毛泽东同志的故居和毛泽东纪念馆。

几间平常的房屋里，诞生了一代伟人毛泽东；他的遗物：书信，打着七十多个补丁的睡衣等，让我们感受到一个伟人的成长历程和宽广情怀。

在我国革命发源地之一的株洲，诗人们追寻着那红色的旅程。11月14日，我们参观了茶陵县工农兵政府旧址。这是井冈山革命根据地第一个县级工农兵政权，也是中国第一个县级红色政权。在新民主主义革命时期，茶陵县有5万多人为革命献身，有25名农家子弟成长为共和国的开国将军，故有“将军之乡”之誉。

红色之旅，让我们去追寻那激情燃烧的岁月，去感受老一辈无产阶级革命家在这片土地上的艰苦征战和一幕幕波澜壮阔的雄伟史诗。他们追求真理，不惜牺牲自己的精神，正是共和国建国60年的宏伟根基。

2. 寻根之旅

株洲茶陵县是农耕文化发祥地之一，炎帝在此“尝百草，教耕织”，这是中华民族之根，也是文化之根。明代的李东阳是茶陵人，他开创的“茶陵诗派”，在中国文学史上影响深远。“青春诗会”来到茶陵，也是追慕前辈诗人的风范。

炎帝神农氏因误尝毒草“崩葬于茶乡之尾”。15日，在株洲炎陵县的鹿原陂，我们参观炎帝陵。陵园重檐翘角，气势恢宏，高大宽敞，庄严肃穆，蔚为壮观。霏霏细雨中，大家燃起香烛，祭祀这位中华民族的始祖。

3. 现代之旅

这次“青春诗会”，也是一次绿色的生态之旅、现代之旅。在11月

第二十五届“青春诗会”期间，学员们参观株洲电力机车时合影

13日上午，大家听取了湘江风光带规划建设的情况汇报。这是改革开放后株洲建设的缩影，整个风光带以人为本，凸显人与自然的和谐和大自然的野趣。该规划中共有13个景点，每个景点均进行征名征诗，充满诗意和现代化之美。随后，诗人们进行了实地采风。16日上午，诗人们受邀参观了世界最大的电力机车研制企业——南车株洲电力机车生产基地，著名诗人彭燕郊曾专门为它写过豪放激情的长诗《电力机车之歌》，这是此次活动的最后一站。在现代化、高科技的大工业生产车间，大家站在电力机车前合影，有的诗人攀上了火车头，高举手臂，他们说，第二十五届“青春诗会”的诗人们要乘坐电力机车，向诗歌的远大目标出发。

11月14日~15日，诗人们还参观了层峦叠嶂、七十二峰蜿蜒的国家4A级风景区云阳山，以及“山、水、石、林俱备，雅、趣、奇、险兼有”的国家级森林公园神农谷。这些无不让诗人们饱览祖国的大好河山，获得了丰富的创作灵感。

通过诗人们向精神的源头、民族的源头、绿色和现代的源头回溯，短短的五天，诗人们仿佛经历了精神上的历练、生活上的补充、灵魂上的震撼，它会令诗人们今后的创作更加充实。

总结：带着火焰而来，背着火焰而回

15日晚上，在与当地作者举行了座谈会后，“青春诗会”进行了总结。《诗刊》常务副主编李小雨说：各位诗人的创作方向是好的、向

上的，有一定的个性，形成了一种创作态势，为诗坛注入了新鲜的声音，希望能留下多元化的、成熟的、探索性的诗歌。当然，大家也应当看到不足，要怀着大家的气度，进行人格的提升；要有第一等的襟抱，才会有第一等的诗歌。

她认为：一要注重思想性。要有一种人格的力量，思想的深度。如古诗中的《江雪》《登幽州台歌》。而现在就缺乏振聋发聩又有诗意美的诗歌。在这个工业化、经济化一体的现代社会，诗歌的精神是否迷失了？精神的缺失，必将导致诗歌的缺失。现在许多诗歌，还是小了、细了、琐碎了，缺乏大的气象。诗人要站在更高的起点上，面对世界性的生态恶化、突发疾病、战争、金融危机、核武器等，要有人文的关怀，要有诗人的责任感，要表现时代。二是注重知识的修养。青年诗人们要注重知识的积累，包括社会学的、宗教的、人文的等，要读诗歌以外的东西，要对自己有清醒的、明确的认识。从而从一个普通的诗人，成长为一个优秀的诗人，从优秀的诗人成长为大家。三是要注重个性化。情感要动人、角度要新鲜，要用自己的话来描述这个时代。写诗就是一种重新发现，经历探险、先锋性的实验，创造出独具个性的诗歌。诗人要有想象力，一种对诗歌、对未来创作的想象力。

诗人、湖南省作协副主席、著名小说家聂鑫森是本届诗会特邀辅导老师，他从小说家的角度谈了诗歌的作用。他认为诗是一切艺术的基础，文学家、艺术家不读诗，就难有大的成就。

青年诗人也纷纷发言，叶菊如说：要把诗歌的种子带回去。黄礼孩说：我们要用自己的诗歌，维持“青春诗会”的尊严。写诗就是消除内心的黑暗，用诗歌照亮干枯的心灵。诗人麻小燕有很深的诗歌情结，诗歌给她带来爱和婚姻，她说：有爱有召唤，才能写出好诗。津渡说：诗歌是一种宁静的呈现。

来自湖南的诗人谈雅丽最后用了一句诗，说出与会诗人的感受。她说：我们带着火焰而来，背着火焰而回。

词典：株洲·第二十五届“青春诗会”

开放：这次诗会的最大特点是开放。一是开幕式、诗歌高峰论坛向市内的诗歌爱好者赠票，让一些普通的、基层的诗歌作者一百多人参加开幕式，聆听专家的讲座。二是湖南方面特邀诗人龙红年、刘克胤、屈邵阳、彭海燕、踏浪，参与活动并改稿。三是不断有诗友抽空赶到诗会，部分或全部参与活动，如山东的白垩、岳阳的杨梦芳、湖南蝈蝈、长沙的凌峰等。特别是15日晚，在炎陵县，与当地的作者举行了座谈会，现场点评诗作，周所同老师精辟、深刻的讲解，赢得与会人员的阵阵掌声。株洲文联的这些安排，让“青春诗会”更具开放性。

历练：12日晚上，主办方冒雨举办了联欢晚会，众人在雨中的凉棚里观看。11月的寒风，没能阻挡大家的热情。节目丰富多彩，有独具特色的湖南花鼓戏，有美轮美奂的服装表演，有精彩纷呈的小品、歌舞、朗诵等。但不巧中途停电，在节目中断时的黑暗中，演员们身披大衣御寒，观众纹丝不动，此情此景令人感动。李小雨老师不禁走到台上，面对漆黑大雨之中的主办方、演员、观众表达了发自肺腑的感谢。另一件事就是在去茶陵的路上，车子半途抛锚，最后换车前往，可谓“好事多磨”，另有一番情趣。

完美：此次诗会的精心安排和热情接待，得力于株洲文联主席周文杰是一个完美主义者，开幕式的富丽堂皇、联欢晚会的精美节目，会徽的独具匠心，甚至于秩序册、节目单、通讯录等都制作得精美雅致，令人赏心悦目。整个诗会他不辞辛苦，与株洲文联秘书长秦世平全程陪同，大事小事突发事，处理得井井有条，组织沟通协调周到而细致。风

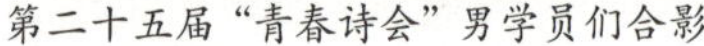

第二十五届“青春诗会”男学员们合影

第二十五届“青春诗会”女学员们合影

雨中大家都身着毛衣，而周文杰始终一件单衫，神采奕奕，令人叫绝。

天气：在诗会之前，株洲市已经连续数月滴水未降，旱情十分严重。我们的小雨老师一来，藏青的天空中便飘起了绵绵细雨，万事万物都在雨水的滋润下活泛了起来。此后好几日，伴随着我们参观、采风的都是连绵不绝的小雨。有人开玩笑说：《诗刊》主编高洪波老师前来参加活动的话，“小雨”再加上“洪波”，定能叫株洲大地之上万物欣喜！

擂台赛：这次诗会有7位男诗人、8位女诗人，人员的配置堪称是最和谐的了。以至14日晚上的诗歌朗诵会，以擂台赛的形式开展，男女诗人交替上场。诗人横行胭脂朗诵的《将进酒》，韩宗宝朗诵津渡的诗，彭敏的朗诵，都给人留下了深刻的印象。

奢华：11月12日上午，参观市文联办公楼时，看到对面楼上悬挂着一条醒目的广告标语：“株洲，从未如此奢华。”我们深感，株洲更加奢华的是，一次来了这么多的诗人。而对于人生来讲，有青春，是奢华的；有诗歌，更是奢华的。

而这一次株洲·《诗刊》社第二十五届“青春诗会”，就是一次诗歌的盛会，是一次诗歌与青春的“奢华之旅”。

2009.11.28

会

第二十六届

2010

第二十六届（2010 年）

时间：

2010 年 8 月 6 日～ 10 日

地点：

浙江文成县文成国际大酒店

指导老师：

李小雨、周所同、杨志学、谢建平、蓝　野、唐　力、彭　敏、赵　四、娜仁琪琪格等

参会学员（13 人）：

许　强、慕　白、黄　芳、李　山、赖廷阶、东　涯、泥马度、柯健君、刘　畅、扶　桑、唐不遇、俞昌雄、刘小雨

第二十六届“青春诗会”学员全家福。从左至右：唐不遇、泥马度、柯健君、刘小雨、黄芳、扶桑、俞昌雄、慕白、刘畅、赖廷阶、许强、东涯、李山

诗人
档案

许强（1973~　），生于四川渠县，现定居苏州。参加了《诗刊》社第二十六届“青春诗会”。先后在《诗刊》《星星》《北京文学》等报刊发表作品。诗作曾入选《江苏百年新诗选》《四川百年新诗选》等选本。曾出版诗集《漂》。系江苏省作家协会第五届签约作家，中国作家协会会员。

挑　沙

许　强

那个挑沙的人，从 1 楼挑到 10 楼
1 步 1 个 130 斤的脚印
1 元 1 挑。
1 天 60 挑。
60 元。
……

汗水，是力气在身体内燃烧后
源源不断排出的灰烬。

那些沙子给汗水发工资
那些汗水替沙子跑路
沙子有永远走不完的路
汗水就永远在路上

汗水冲刷着身体，
汗水是哑巴肌肉流出的无声泪水。

一滴汗水“哧”的一声
掉在，一堆沙子中。
像一滴铁水，掉在水中
转眼就消逝得无影无踪

那些用汗水写诗的人
汗水就是他们的墨水
那些诗，每天都在他们的
脸上、肩膀、胸部、大腿上发表
汗水和泪水这一对双胞胎
有时，它们真想紧紧抱在一起
同时，哭出声来。

挑　　沙

作者：许强

那个挑沙的人，从1楼挑到10楼
1步1个130斤的脚印

1元1挑。
1天60挑。
60元。
……

汗水，是力气在身体内燃烧后
源源不断排出的灰烬。

那些沙子给汗水发工资
那些汗水替沙子跑路
沙子有永远跑不完的路
汗水就永远在路上
汗水冲刷着身体，
汗水是哑巴肌肉流出的无声泪水。

一滴汗水"哧"地一声
掉在，一堆沙子中。
像一滴铁水，掉在水中
转眼就消逝得无影无踪

把一滴汗水打磨得，纸一样薄
铁一样锋利。
纸一样薄的汗水，
写满生活的轻与重。
那些用汗水写诗的人
汗水就是他们的墨水
那些诗，每天都在他们的
脸上，肩膀，胸部，大腿上发表

汗水和泪水这一对双胞胎
有时，它们真想，紧紧拥抱在一起
同时，哭出声来。

诗人档案

慕白（1973~　），生于浙江省文成。有作品在《诗刊》《人民文学》《中国作家》《新华文摘》《十月》《读者》《星星》等报刊上发表。诗歌入选多种年选。曾参加《诗刊》社第二十六届“青春诗会”。曾获《十月》诗歌奖、红高粱诗歌奖、华文青年诗人奖、浙江省优秀文学作品奖、中国好诗榜等奖项。著有诗集《有谁是你》《行者》《所见》等。

安魂曲

慕　白

雨下了一夜
已淋不湿他

某某，某某某
墓碑上
有些名字开始模糊

他曾经在我们中间
他应该是个好人
不知道活得好不好

在生前
他可能胆小
他或许晕血

他甚至恐高

现在他不怕人评说
活着的功过
只是踩死一只蚂蚁
他肯定也有过爱情

和亲人们一起
埋骨青山
他没有恨
眼睛闭上的时候
他宽恕了这个世界

安魂曲

慕白

雨下了一夜
已淋不湿他

某某 某某某
墓碑上
有些名字开始模糊
他曾经在我们中间
他应该是个好人
不知道活得好不好

在生前
他可能胆小
他或许晕血
他甚至恐高

现在 他不怕人评说
活着的功过
只有踩死一只蚂蚁
他肯定也有过爱情
和亲人们走一起
埋骨青山
他没有恨
眼睛闭上的时候
他宽恕了这个世界

庚子年四月廿三日子时

诗人档案

黄芳（1974~　），女，生于广西贵港。毕业于广西师范大学中文系。中国作家协会会员。出版诗集《风一直在吹》《仿佛疼痛》《听她说》等。2010年参加《诗刊》社第二十六届“青春诗会”。现居桂林。

黄　昏

黄　芳

多少个黄昏
她坐在高高的台阶上
看暮色一层层压下，铺开
红衣裳的人上来了
绿衣裳的人下去了。巨大的灰袍
被风鼓起
像多余的骨头，沉重又雀跃
终于，路灯依次亮起
树木、房屋、人群落下长影子
这多余的折叠，交错
仿佛人间神谕

黄昏

黄芳

多少个黄昏

她坐在高高的台阶上

看暮色一层层下压，铺开

红衣裳的人上来了

绿衣裳的人下去了。巨大的灰袍

被风鼓起

像多余的骨头，沉重又雀跃

终于，路灯一盏盏亮起

树木，房屋，人群落下长影子

这多余的折叠、交错

仿佛人间神谕

2020.8.14

李山（1973～　），河南省新乡市人。中国作家协会会员。2010年7月参加《诗刊》社第二十六届“青春诗会”。作品散见于《人民日报》《诗刊》《星星》《河南日报》等报刊。出版诗集《风吹》《关系》等。

夜行火车

李　山

贴着车窗，黑暗一再地汹涌
将我摇晃
像海水摇晃着洲渚

三两个灯光
招呼着冷雨
像母亲用温过的米酒
招呼过路的乞丐

不断重复一个名字
心里便多一层温暖
而细小的水默默流去
黑暗中包藏了多少鲜活的生命

在大地上旅行
总要超越那些不经意的
颠簸与泪水
总要逃离世俗的幸福，或痛苦
保持出发时的纯正与无邪

夜行火车

李山

贴着车窗，黑暗一再地汹涌
将我摇晃
像海水摇晃着洲渚

三两个灯光
招呼着冷雨
像母亲用温过的米酒
招呼过路的乞丐

不断重复一个名字
心里便多一层温暖
而细小的水默默流去
黑暗中包藏了多少鲜活的生命

在大地上旅行
总要超越那些不经意的
艰难与泪水
总要逃离世俗的幸福，或痛苦
保持出发时的纯正与无邪

2020年端午于河南封丘

诗人档案

赖廷阶（1970～　），广东茂名人。诗人、作家、编剧、书法家。现为中国作家协会会员、中国书法家协会会员、中国剧作家协会会员。著有诗集《短歌》《还乡》《赖廷阶诗词选》等，散文集《为今日而活》《童年纪事》及小说、报告文学集、评论集等文学作品二十余部。曾获国内外诗歌奖若干。参加了《诗刊》社第二十六届“青春诗会”。

鸟

赖廷阶

在这个城市的最高处
向低处飞翔，混乱的人群
如黑色的蘑菇

钢筋水泥的丛林
没有隐蔽歌声的地方

花朵已变成果实
你选择了最紧密的飞行

墓碑在一片树叶下面
瞧见了吧，它的名字：鸟

鸟

杨庆祥

在这个城市的最高处
向低处飞翔，混乱的人群
如黑色的蘑菇

钢筋水泥的丛林
没有隐藏歌声的地方

花朵已变成果实
你选择了最紧密的飞行

墓碑在一片树叶下面
瞧见了吧，它的名字：鸟

（刊于《诗刊》2010年10月上半月刊

2020.8.28

诗人档案

东涯（1971～　），女，本名王华英，山东省荣成市人。中国作家协会会员。山东省作家协会签约作家。参加了《诗刊》社第二十六届“青春诗会”。著有诗集《侧面的海》《山峦也懂得静默》《泅渡与邂逅》等，作品散见《诗刊》等报刊，入选多种年度诗歌精选和跨年度诗歌选本。曾获泰山文学奖等奖项。现居石岛。

夜雨寄南

东　涯

大雨将至，我不知该对你说些什么
窗要关好
车子不要停在低洼处
如果一定要外出，记得带伞
不要在大树下避雨
也不要因为天光晦暗而难过
有些时候有些雨，注定会淋湿我们
现在，大雨已至
我要对你说的话，不比天上密集落下的雨点少
它们带着甜菜的气息
带着海洋里蛤蜊的气息，还有沙漠里的
鼠尾草的气息……所有这些
都化成酒的气息
这时如果我想起你

内心的潮水
绝不逊于这场大雨所带来的洪水
但我什么也没说
只是看着大雨落下来
想象“思君若汶水，浩荡寄南征”
想象一滴水
奔向另一滴时所发出的光芒

夜雨寄南

宋雅

大雨将至，我不知该对你说些什么
窗要关好
车子不要停在低洼处
如果一定要外出，记得带伞
不要在大树下避雨
也不要因为天光晦暗而难过
有些时候有些雨，注定会淋湿我们
现在，大雨已至
我要对你说的话，不比天天密集落下的雨点少
它们带着甜菜的气息
带着海洋里蛤蜊的气息，还有沙漠里的
鼠尾草的气息……所有这些
都化成酒的气息
这时如果我想起你
内心的潮水
绝不逊于这场大雨所带来的洪水

但我什么也没说
只是看着大雨落下来
想象"思君若汶水，浩荡寄南征"
想象一滴水
奔向另一滴时所发出的光芒

庚子年夏

诗人档案

泥马度（1971～　），本名李旭，江苏睢宁人。著有《山川心史·三部曲》《自然帝国·四季书》等长篇小说多部，《汉史诗·上·中·下》《花椒树的红与黑》《埋锅造饭》等诗集八部，畅销书《烧烤水浒》《红楼梦的秘密》等。在《诗刊》《十月》《中国作家》等各大报刊发表作品数以千计篇（首）。上百篇（首）作品入选年度《文学中国》等多种选本。

花椒林

泥马度

白日头底下
漆黑的花椒树
点着一身红灯笼
这味道你不能说不好

镔铁的花椒树
暗无天日里
睁红遍体之眼珠
狼牙棒舞摆车轮之阵

这就是八月的红光
血光里埋锅造饭吧

绿蝴蝶膀扎了一身

如长成叶子　你就摘去
这味道你不能说不好

八月眼神　点红
一团团黑漆漆的光
这味道你不能说不好

花椒树

张乌坡

向日葵底下
凉凉的一棵花椒树
点着一串红灯笼
这味道你不服说不好

立秋的花椒树
晴天大日里
晾红通红的眼珠
根东棒棒摇着转了阵

这好比一个八月的红火
画支笔堆稻造纸呢

绿蜘蛛早早 挤扎了一身
如果成叶子 你就摘去
这味道你不能说不好

人们的眼神 点亮
一村庄里流淌一夏
这味道你不能说不知

张作梗，2020.5.18

诗人档案

柯健君（1974~　），生于浙江台州黄岩。中国作家协会会员。参加《诗刊》社第二十六届“青春诗会”。获《诗刊》社2010年度诗歌奖。在《诗刊》《人民文学》《天涯》《星星》《北京文学》等报刊发表诗歌、随笔五百多首（篇）。出版诗集《呼吸》《我们一直坐到天黑》《蓝色海腥味》《海风唱》《大地的呢喃》《嘶哑与低沉》。

大　海

柯健君

我倒出血液灌满海水，身体里
激荡盐的歌——粗糙。咸。腥
像我来自东海边一个僻远小镇的口音。硬朗
却有着滩涂一样的秉质

咳嗽的渔船。微颤的码头。轻晃的苇丛……
在我心跳的周围，有着一群为爱拼搏的
朋友，有着不知疲倦歌唱的鱼、虾和贝
——我内心甜蜜的灯盏，是靠近他们唯一的理由

我还有赞美的理由——
海平静下来的蓝，能涂抹大地的荒凉
生活的疼痛和小小咒骂
我知道我的唏嘘是即逝的风

我知道我对幸福的渴望有着涨潮般的推涌力
一滴海水，能轻易砸碎我
泛滥的欲望

我试图用内心的触角丈量大海的宽度
与深度——而，我的故乡，拥有曲折海岸线的台州湾
是我的左心室，还是右心房？
夜幕下，或晨晖中，大海是一本厚厚的乐谱
船只，几个陈旧的重音
斜阳在海面上轻轻洒下舒缓的和弦
浪涛的音质里蕴藏着冷静的春天

——只是，我该把钢琴安放在哪个角落
才能把内心弹奏到最宽广的音域，把生活飙到
最高的八度音

大海

杨慎灵

我们的血液灌满海水，身体里
激荡蓝的歌——粗糙、咸、腥
像我来自东海边一个偏远小镇的口音。硬朗
却有着滩涂一样的秉质

咳嗽的渔船。微颤的码头。轻晃的茅屋……
在我心跳的周围，有一群为爱拼搏的
朋友，有着不知疲倦歌唱的鱼、虾和贝
——我内心甜蜜的灯盏，是靠近他们唯一的理由

我还有赞美的理由——
海平静下来的蓝，能冷却大地的荒凉
生活的疼痛和小小咒骂
我知道我的唏嘘是路过的风
我知道我对幸福的渴望有着涨潮般的推涌力

我试图用内心的触角丈量大海的宽度
与深度——而，我的故乡，拥有曲折海岸线的台州湾
是我的左心室，还是右心房？
夜幕下，或晨曦中，大海是一本厚厚的乐谱

船只，几个陈旧的壶音
斜阳在海面上洒下舒缓的和弦
浪涛的音质里蕴藏着冷静的春天

一旦是，我该把钢琴安放在哪个角落
才能把内心弹奏到最宽广的音域，把生活飙到
最高的八度音

诗人档案

刘畅（1973~　），女，生于江苏淮安。诗人、画家。参加了《诗刊》社第二十六届“青春诗会”。获第五届李白诗歌奖优秀奖、江苏省散文学会学会奖、江苏省首届青年诗人双年奖入围奖等奖项。诗作被翻译成英文、德文、西班牙文译介至国外。著有诗集《T》。现居南京。

素描静物

刘　畅

蚯蚓
泥土里躬行
山顶的高光等待定义
线条的刀锋蜷缩成蚁
阵雨落在碳笔的阴影里
橘子方位不明
煮熟的种子因妥协被捏至粉碎
翻开手掌
命运线被反复涂改

素描静物

蚯蚓。泥土里躬行。山顶的高光等待定义。
线条的刀锋蜷缩成蚊，阵雨落在碳笔的阴影里。
椅子方位不明，煮熟的种子，
因妥协，被捏至粉碎。
翻开手掌。命运线被反复涂改。

第26届青春诗会 刘畅 诗书

庚子年夏

扶桑（1970～　），女，本名黄玉华，生于河南信阳。主治医师。参加了《诗刊》社第二十六届“青春诗会”。获《人民文学》新浪潮诗歌奖等多种奖项，入围2010年华语传媒大奖年度诗人提名。部分诗歌被翻译成英文、德文、日文、俄文、韩文等文字。著有诗集《爱情诗篇》《扶桑诗选》《变色》。

书信的命运

扶　桑

书信有书信的命运，如同
写信人，有自己的命运——
有的信被弃置，被漫不经心的脚踩进泥土
有的信半途流落
在某个不知名的角落
有的信被一遍遍默诵用红丝带包扎像护身符
贴胸珍存
有的信被焚化，在吞咽的火舌中随同
那哀悼的手一起颤抖
有的信像分离的骨肉
渴望重回主人怀中
还有的信，永远、永远
像隐秘的痛苦
不付邮

书信的命运

扶桑

书信有书信的命运，如同
写信人，有自己的命运——

有的信被弃置，被漫不经心的脚踩进泥土
有的信半途流落
在某个不知名的角落
有的信被一遍遍默诵用红丝带包扎像护身符
贴胸珍存
有的信被焚化，在吞咽的火舌中随同
那哀悼的手一起颤抖
有的信像分离的骨肉
渴望重回主人怀中
还有的信，永远、永远，像隐秘的痛苦
不付邮

1999.

诗人档案

唐不遇（1980～ ），本名张元章，生于广东揭西，客家人。参加了《诗刊》社第二十六届“青春诗会”。著有诗集《魔鬼的美德》《世界的右边》等。作品收入《中国新诗百年大典》《华文新诗百年选》（台湾）《当代先锋诗30年：谱系与典藏》《现代汉诗110首》等多种选本。曾获首届“诗建设”诗歌奖新锐奖、第三届中国赤子诗人奖、第十届广东省鲁迅文艺奖等奖项。

水杯和陶罐

唐不遇

开始她是一只透明的水杯，
后来她变成了一只陶罐。

开始她就摆在那张桌子上，
在干渴的阳光下，安静而温润，
等着大胆的触摸和亲吻。
她那么光滑、美丽，
被她滋润过的喉咙
能够述说爱情的痛苦和甜蜜。

现在她蹲在那个角落里，
粗糙、阴暗，没有人注意，
和那些生活的杂物放在一起，
自己也装满杂物：盐，腌萝卜或干肉。
她看上去就像一个谜，
没有人去猜，也永远猜不透。

水杯和陶罐

汤养宗

开始她是一只透明的水杯，
后来她变成了一只陶罐。

开始她被摆在那张桌子上，
在干净的阳光下，安静而洁润，
等着大胆的抚摸和亲吻。
她那么光洁、美丽，
让她滋润过的喉咙
时时也说着爱情的烦恼和甜蜜。

现在她蹲在那个角落里，
粗糙、阴暗，没有人注意，
和那些生活的杂物放在一起，
自己也装满杂物：盐、腌萝卜、或干货。
她悄悄去给你一个谜，
没有人去猜，也永远猜不透。

诗人
档案

刘小雨（1978~　），女，山西原平人。有诗作发表于《诗刊》等刊物。入选多种年度选本。获征文类奖项多次。曾参加《诗刊》社第二十六届“青春诗会”。出版诗合集《十三人行必有我诗》。现居山西原平。

习　惯

刘小雨

看见高处的事物，我
就想仰望一会儿。
看见低处的事物
我就会俯视一会儿。

但更多时候，
我习惯于左顾右盼，
——那些左边的潮湿，
——和右边的干燥，
在他们中间，我经常闭上眼睛

一副双目失明的样子。

习惯

看见高处的事物
我就想仰望一会儿
看见低处的事物
我就会俯视一会儿

但更多的时候
我习惯于左顾右盼
——那些左边的潮湿
——和右边的干燥
在他们中间，我经常闭上眼睛

一副双目失明的样子

刘小雨
70年代生人，居山西
写于2010年

诗人档案

俞昌雄（1972～ ），福建霞浦人。作品散见于《诗刊》《十月》《新华文摘》《人民文学》等二百余种报刊。作品入选《70后诗选》《中国年度诗歌》《中国新诗白皮书》《文学中国》等百余种选集。参加了《诗刊》社第二十六届“青春诗会”。有作品被翻译成英文、瑞典文、阿拉伯文等介绍到国外。曾获2003新诗歌年度奖、中国红高粱诗歌奖、徐志摩微诗奖等多种奖项。现居福州。

自画像

俞昌雄

有人说，我不在我这儿
在他们的侧面，在摸得到棱角的地方
不是简单的三角形，不是山坳口
一夜间就能冒出的野蘑菇

我有垂直的云朵，有阴天
但不会在身体里埋下层层淤泥
我有芽，有刺，但不隶属于植物
仅在烈日下摇曳，守着不褪色的光线

他们多数时候把我视为一面镜子
该删的删掉，该补的补进来
我一会儿减少，另一阵子又增多
他们让我活在空隙里，既残缺又完美

第24届青春诗会代表作

自画像

俞昌雄

有人说，我不在我这儿
在他们的侧面，在摸得到棱角的地方
不是简单的三角形，不是山坳口
一夜间就能冒出的野蘑菇

我有垂直的云朵，有阴天
但不会在身体里埋下层层淤泥
我有芽，有刺，但不隶属于植物
仅在烈日下摇曳，守着不褪色的光线

他们多数时候把我视为一面镜子
该删的删掉，该补的补进来
我一会儿减少，另一阵子又增多
他们让我活在空虚里，既残缺又完美

2009.3.6

在山水之间飞扬

——第二十六届“青春诗会”侧记

唐　力

“让青春与诗歌碰撞，让生命与梦想交融。”

8月6日，就是将这化为现实的第一天。参加第二十六届“青春诗会”的各方面人员汇集在浙江文成。

在北京，《诗刊》社派出了强大的队伍，也许是“青春诗会”有史以来最庞大的队伍。他们是《诗刊》常务副主编李小雨，《诗刊》编辑周所同、杨志学、谢建平、蓝野、唐力、彭敏、赵四、娜仁琪琪格等。另外在机场汇合参加本次活动的特邀嘉宾有：中国作协原党组副书记、书记处书记王巨才，诗人王家新、树才，一行13人，乘飞机抵达温州。和早在那儿等候的文成县文联主席王国侧一起，转乘汽车，前往浙江文成县。

是时大雨刚停，大家都纷纷向两侧仰望，一路上，但见层峦叠嶂，满目苍翠，悬流飞瀑，喷珠溅玉，令大家心醉神迷，慨叹不已。更想象文成山水，自是不同凡响，心灵早于汽车，抵达那里。本次诗会的主角，13位诗人：东涯、扶桑、黄芳、柯健君、刘畅、刘小雨、泥马度、唐不遇、许强、俞昌雄、赖廷阶、李山，也先后来到文成，而诗人慕白，早于37年前就率先抵达了。在文成国际大酒店，当他们在前

第二十六届"青春诗会"合影

台亮出自己的身份证，也亮出了自己的青春与梦想；当他们签下自己的名字，也签写下一份青春与诗歌的约定。

傍晚时分，《文艺报》记者刘颋和北京师范大学教授、评论家张清华也赶到了文成。晚上6点钟，文成县主要领导参加了欢迎晚宴，文成县委领导与《诗刊》常务副主编李小雨以热情洋溢的讲话，拉开了第二十六届"青春诗会"的帷幕。

诗是青春的事业，绚丽的花环

8月7日上午9点钟，举行了隆重的第二十六届"青春诗会"开幕式，会议由中共文成县委常委、宣传部部长郑建华主持。

文成县人大常委会主任徐世征（诗人徐清）在讲话中，代表县委、县政府对远道而来的各位诗人、学者、教授表示热烈欢迎，对中国作协《诗刊》社将这样重要的活动安排在文成县举办表示衷心的感谢。他说，喜逢"青春诗会"30周年，在文成举办第二十六届"青春诗会"意义非比寻常。这将是推进文成文化大繁荣、大发展和创建省级文化先进县的重要举措，将为进一步推广文成山水旅游文化，打造"人文文成、刘基文化；诗意文成、著名侨乡”的文化品牌起到积极的推动作用。

《诗刊》常务副主编李小雨宣读了中国作协党组成员、副主席、书记处书记、《诗刊》主编高洪波给诗会的贺信。贺信中说：“‘青春诗会’是《诗刊》社倾力打造的诗歌品牌，是全国青年诗人优秀代表相聚一堂切磋诗艺的诗歌盛会，也是诗坛英雄借以一显身手的‘武林盛会’。从1980年至今，已是三十年的光荣与梦想，‘青春诗会’极大地推动了我国诗歌事业的繁荣发展。入选青春诗会，既是对青年诗人的高度的肯定，也是深切的期许。未来的中国诗歌就在青年诗人的肩上。”

浙江省作协副主席嵇亦工也代表浙江省作协致辞，欢迎诗会代表、嘉宾的到来。他希望诗人们用理想和责任，让青春与诗歌焕发出亮丽的风景。

浙江诗人柯健君作为参加本届诗会的诗人代表在会上发言，他说：我们今天以青春和诗歌的双重激情，相约在美丽的文成，就孕育着一切美好与温暖的可能。诗会，是心与心的碰撞，是激情与激情的燃烧。灵性的语言，一定能描述生活中的温暖。思辨的火花，一定能摒弃生活中的寒冷。他说：让我们白日放歌，但不纵酒；让我们青春做伴，但不还乡。因为诗歌的故乡，一直在路上。我们要在青春的怀抱里，以诗为歌！

最后，中国作协原党组副书记、书记处书记王巨才同志在发言中说：这是一次以青春和诗歌的名义的聚会。诗是青春的事业，是绚丽的花环，是时代前进的号角和鼓点。30年来的光荣历程，表现了日新月异的发展。在山清水秀，有着丰厚的文化积淀的文成召开本届诗会，是最好的选择。他希望诗人们以创新意识、进取精神表现新生活、新感情、新人物、新题材、新主题，展现丰富多彩的生活。

他的发言赢得热烈的掌声，开幕式圆满结束。参加开幕式的还有浙江省作协副主席、著名作家王手，浙江省诗人柯平、荣荣、池凌云、马叙、泉子等。

诗是经验的成长

开幕式后，随即举行了专家讲座，由《诗刊》常务副主编李小雨主持。

张清华对当下诗歌进步论提出了质疑和思考。他说，诗歌是否有效地、勇敢地回应了现实？是否击中了时代的命门？是否完成了共同的担当？……

王家新在讲座中说：1987 年的“青春诗会”，构成了他重要的记忆。今天，“青春”是使用得最多的一个词，青春是美好的，是珍贵的，但青春也是用来埋葬的，否则无法成熟。诗不仅仅是感情，也是经验；不但是经验，而且是经验的生长。

一个人的成就，要看他的晚年，文学的晚年。如果晚年不行，那么他的早年也要过去。有人说，没有爱情就不能写诗了。诗不仅仅是抒情的，也是经验的产物、时间的产物。现代和不现代、先锋和不先锋并不重要。“终其一生，达到质朴。”穆旦晚年的诗歌，就达到了质朴。穆旦在晚年写下这样的诗句：“这才知道我全部的努力，不过完成了普通的生活。”

冯至的诗也体现了经验与时间的成长，他的诗充满哲理，是指向存在的诗。经验的成长，至关重要。

他说：我研究策兰，谈策兰，也是在谈中国诗歌。策兰的诗，指向未来。阿多诺提出：经典风格、晚期风格，要不断保持与现实的紧张关系，打破表面的宁静，体现内在的紧张，表现精神的现实、人存在的现实。奥登有一句诗：人的一生从未完成过。艺术的路是一条远途，永远无法完成。尽其一生，朝向这种“不可完成”是我们作为诗人的命运。

树才长期从事世界文学研究与翻译，他从中外文学的对比中提出可贵的经验。他说：应该把中国文学放在世界文学的整个范畴来看待，没有中国文学的世界文学是不可能的，中国30年来的文化积累甚至比法国更可贵。法国现在的诗歌与瓦雷里的时代，也相去甚远。他们也主要通过翻译小说来了解中国社会。相信在将来，汉语诗歌，也会引起欧洲的阅读期待。

他说：人性不是个人，个性也是无个性，生命本身有一种无人称性，个体生命也是整个人类的生命经验。诗歌是一种交流，无知的东西，正是通过翻译来打破。国际诗歌节就具有重要的意义，它把国外的诗人，引到了汉语，引到了中国，建立了汉语诗歌的场域。

他们的讲座，赢得了与会诗人的阵阵掌声，也将给青年诗人们更多的启迪。

下午，《诗刊》社还组织了面向当地中学生的公开诗歌讲座，李小雨和数百名学生面对面，倾谈如何发现并把握生活中的诗意。

第二十六届“青春诗会”期间合影，左至右依次为：娜仁琪琪格、黄芳、刘小雨

同时，《诗刊》社的各位编辑分组活动，各自与分到自己组中的诗人交流、分析、讲解。这种探讨、切磋一直贯穿着整个诗会。诗人们反复打磨稿件，精益求精，明确今后的创作方向，以使自己在诗歌的道路上走得更远。

对于本届13位青年诗人各自的写作特色，《诗刊》常务副主编李小雨是最熟悉的了，因她曾阅读过多遍他们的作品。她说：尤其应该注重诗人的个性和个性化表达。本次入选的诗人中，有独特的生命体验和认知的内化的文本，如泥马度的《花椒树》，使花椒树这一意象具有了命运感、烟火气和独具个性的历史表达。慕白立足于自己的乡土，而不断地向深处延展，从而使自己的作品具有了深邃感和厚重感。许强以诗歌作为自己打工生涯的精神拐杖，有着深刻创痛的底层打工经验，既有自己的真实生存体验，也有自己在使命感和责任感激荡下的思索。山东诗人东涯与浙江诗人柯健君写给大海的诗，展现了地域的经验，展示了自己的生活经验，他们的大海既是现实性的，又是想象性的；既是自然的，又是生活的。女诗人扶桑、黄芳、刘小雨、刘畅则以女性的敏感，展现了诗歌独特的一面，她们或在细的场景中，表现出女性的经验和对生活的感悟；或通过空灵，传神而有韵味的语言，展现细腻的感受；或通过个体经验的呈现，来表现生命在时空中的孤独、苍茫和焦虑。唐不遇与俞昌雄，构思独特，新鲜、有力，极富概括性和创造性，通过冷静的凝视和深刻的思辨，表现他们对世界的另一种认识。赖廷阶写生活中的哲理。李山写故土、乡情、风景等，无不清新、朴素，表现出对传统的承继，并富有抒情性。

8月7日晚，第二十六届"青春诗会"大型朗诵文艺晚会在文成中学报告厅隆重举行。大厅灯火辉煌，座无虚席，晚会在诗歌《九张机·山水文成》的群诵中拉开了帷幕。会上朗诵了高洪波的儿童诗《遗憾的爸爸》，让人感受儿童的天真，给人特别的印象。现场两名观众用各自方言朗诵的《面朝大海，春暖花开》，活跃了全场的气氛。诗人朗诵的徐志摩的《再别康桥》、艾青的《雪落在中国的土地上》，以及李小雨的《文成公主》等节目，淋漓尽致地展现了诗歌的艺术魅力。整场晚会气势恢宏，高潮迭起。诗歌、音乐、舞蹈、朗诵，以高雅的形式，让现场观众享受了一次艺术的盛宴。

青春，在山水间飞扬

“山如眉峰聚，水似眼波横”，山水似诗、风光如画。这一次的“青春诗会”，注定是一场与山的约定，与水的聚会，青春与诗歌，就在山水之间飞扬。

8月8日上午，与会全体人员驱车直上百丈漈的高山之巅，从“通天梯”，一路颤颤巍巍沿石阶而下，正当大家腿软难以为继，口中抱怨之际，忽听万壑奔雷，声震耳际，抬眼一看，只见百丈长练，悬挂山间。飞流直下，珠玑万顷。烟云迷蒙，飞花点点。这就是国内最高的瀑布百丈漈，清风阵阵吹来，如烟如雾，直扑凉亭。正如刘基所言：“悬崖峭壁使人惊，百斛长空抛水晶。”景象雄奇壮观，诗人纷纷在烟雨中留影拍照，不顾飞花溅玉，水湿人衣。到了二漈，一条岩廊，隐在瀑后，游人须在瀑中穿行。远看瀑流如帘，飘飘洒洒，形成水帘奇观。在开阔处，我们集合全体青年诗人，在瀑前留影。

百丈漈飞瀑是个三叠瀑，落差达353米，有着“一漈雄、二漈奇、三漈幽”的美誉。三漈前，但见巨石卧滩，争奇斗趣，清潭幽深，清泉潺潺。一路上给人美的享受，大家纷纷取出相机，把美景缩于方寸之间。

下午，汽车把我们拉到了峡谷景廊的漂流地点，大家都系上救生衣、戴上安全帽，装备停当，由柯健君分组，两两搭配。皮艇从两米高的坝顶，直漂而下，惊险刺激的漂流开始了。漂流中，最有趣的当是打水仗了，这时大家发现安全帽的重要作用，一是皮艇水满时，用来舀水，二是可以用来打水仗。诗人们不分敌我，一团乱战，见人就泼水，安全帽成了最重要武器。其中最好战的当数树才与扶桑这一战斗队了，他们四处挑起战火，当然最后不免遭到“围剿”。最勇猛的当数唐力与东涯这一组了，虽然他们出师不利，一开始唐力的安全帽就掉落水中，被湍流冲走，但他们勇敢作战，冲锋陷阵，令大家感叹为“拼命三郎”。最倒霉的船队是诗人王家新与池凌云这一组，屡受他人伏击，叫苦不迭。峡谷漂流，给诗会写下浓重的一笔，诗人的激情、欢声、笑语都挥洒在山水峡谷之中了。

8月9日，诗人们来到了文成县南田镇，参观了国家级文物保护单位刘基庙。庙宇石墙黑瓦，飞檐翘角，历经多年，仍保持明代建筑风貌。庙门外两侧有“帝师”“王佐”两木牌坊规模宏伟。石围墙内，翠柏青竹，郁郁葱葱，古杆抉琉，有古朴之气。刘基（1311~1375），字伯温，明初任御史中丞兼太史令，洪武三年（1370），授弘文馆学士，封诚意伯，追赠太师，谥文成。刘基为明开国元勋、军事家、政治家、文学家。我们在中学曾学过他的文章《卖柑者言》，文中“金玉其外，败絮其中”，发人深省，而今游览此庙，让我们有了更多的体会。

8月10日上午，我们驱车来到铜铃山风景区，大家沿着木廊而下，丛林掩映，但闻水声，不见溪流，令人心旷神怡。待到山底，然后沿峡谷而上，瀑布相连，清潭相叠，泉流幽深，溪流潺潺，修竹茂林，奇花异草，赏心悦目。其中“壶穴”景观，尤其新奇，让人流连忘返。

下午，我们驱车下山，可能是整个行程太过顺利，老天有意制造点麻烦，行车途中，忽闻前面山石塌方，我们不得不下车拖着行李，步行了两个小时，到飞云湖坐船。当我们乘船饱览湖光山色，往县城方向进发时，好事多磨，中途游船出了故障，停在中央。慕白赶紧联络汽船前来接应。最为倒霉的是，彭敏等人坐的第二艘船，行到半途，缺油停滞不前，又叫人送油接济，方才靠岸。人们纷纷打趣诗人慕白，是不是他有意安排，让我们再览山水秀色，让行程增添趣味。

晚上，举行了欢送晚宴，文成县人大常委会主任徐世征，宣传部部长郑建华，副部长毛瑞区、陈式海出席。《诗刊·上半月刊》编辑部主任杨志学作了总结发言，感谢主办方的盛情接待，然后举杯畅饮。一时觥筹交错，欢声笑语不绝，离情别意，悄然浮上杯沿，也浮现在诗人们的心间。至此，第二十六届“青春诗会”圆满结束。11日，大家纷纷踏上归程。

青春中有诗歌，生命中就增添一份华彩；诗歌中有青春，诗歌就增添一份激情。13位诗人，13枚青春的音符，又散落在祖国大地，但他们心中的诗意，必将谱写出生命更加华美的篇章。

飞絮点点，如花散落

大峃：文成县政府驻地在大峃镇，在县里不时看到这两个字。“大”字我们认识，“峃”可把我们难住了，问了当地的人，大家才知道“峃”，念 xué，山多大石之意。总算又多认了一个字，集体长知识了。

丢包：8月6日，首都机场登机口，唐力不断用电话联络同机前去的人员。大家叫了一声“走吧”，他拉起行李箱就走，刚下扶梯，忽然发现电脑包忘在座椅上。彭敏自告奋勇，以百米冲刺的速度逆行，冲上扶梯顶端走出登机口，拿下电脑包。

娜仁格格琪：《诗刊》编辑娜仁琪琪格的名字太长了，以至人们实在记不住。在开幕式上，主持人就把她的名字念成了“娜仁格格琪”，让在座的诗人莞尔一笑。

还令人一笑的是介绍彭敏时，误报为“女性”。而博士后赵四呢，原名赵志方，好男儿志在四方，由于她的名字太过大气，又把她当成“男性”，两人算是互换性别了。

泥马度与小雨：诗人李旭，笔名泥马度，来自“泥马渡康王”，我相信，他最怕的当是雨水了。而本届诗会就有两个“小雨”，《诗刊》常务副主编李小雨与山西女诗人刘小雨，这算是他的克星了。于是他假借脚染小疾，早早地逃之夭夭，打道回府了。

晒书与藏书：百丈漈景区，彭敏的衣服湿透，在三漈的潭边，大部队休整，他趁机脱下衬衣，放在大石头上晾晒。大家都笑话他赤裸上身，他却引用典故说：我在晒书。而蓝野却与他相反，在飞云湖渡船等人的时候，蓝野汗下如雨，虽然大家鼓动他脱下衬衫，他却死活不肯，紧紧捂住他的大肚子，这算是藏书万卷，概不外露。

老将挑重担：在所有的编辑中，周所同最老，经验最丰富，任务最艰巨，一人带了4个青年诗人，并看了不少其他诗人的稿件。“老将出马，一个顶俩”，老编辑给我们减轻负担了，让我们游山玩水，也就偷着乐了。

川话与外语：诗人俞昌雄在喝酒时，最爱说的一句是“STOP”，并不时冒出许多外语单词，让人头痛。座上的人只有求助于翻译家树才，而树才呢，却听得满头雾水，俞昌雄的外语实在是太好了。而质朴的打工诗人许强，出生在四川，在车上他用四川话朗诵了陈毅的“大雪压青松，青松挺且直”，字正腔圆，很有感染力。当地文联的两位女生，很感兴趣，马上拜师，跟着他一句一句学呢。

骗鱼：在刘基庙前有一池塘，塘中喂养金鱼。黄芳买来鱼食，撒向池塘，鱼食投向哪里，鱼儿就奔向哪里，一时万头攒动，金鳞闪耀，颇为壮观。这时谢建平走过来，他空着手，也向池塘一扬，鱼儿不知是计，沿着他的手势奔去。谢建平说：鱼儿太不聪明了。女诗人听了，全笑：“不是鱼儿不聪明，是谢老师太坏了。”

慕白与王国侧：慕白是“青春诗会”参会人员，王国侧是文成县文联主席，本次活动主要操办者，而在活动要接近尾声时，二者终于合成了一个人：诗人慕白。参会者都说他是最被遗忘的人，看到这位忙前忙后，把活动安排得滴水不漏的王主席，就忘记了他就是我们当中的一员。

第二十六届“青春诗会”老师与学员合影

团队：慕白的团队是最精悍的，最有战斗力的。一个如此大型的活动，事务庞杂，他们安排得井井有条，不同的人的不同要求，都能及时满足。活动得以圆满结束，是与他们的辛勤劳动分不开的。在这里我记下了他们的名字：郑碎珍、雷克丑、王选玲、叶秋文、赵金丽。

飞絮点点，如花散落，沉入时间之中，也将沉入我们的永久记忆中。

青春诗会

第二十七届

2011

第二十七届（2011 年）

时间：

2011 年 10 月 21 日 ~ 27 日

地点：

河北唐山、滦南—上海

指导老师：

李小雨、冯秋子、杨志学、谢建平、蓝　野、唐　力、赵　四、娜仁琪琪格、彭　敏等

参会学员（14 人）：

金　勇、陈忠村、杨晓芸、徐　源、梦　野、花　语、王　琪、万小雪、青蓝格格、苏　宁、张幸福、秦兴威、纯玻璃、马　累

第二十七届“青春诗会”学员诗会期间合影。第一排左起：万小雪、杨晓芸、苏宁、花语、纯玻璃、徐源；第二排左起：梦野、秦兴威、金勇、马累、王琪、张幸福、青蓝格格、(陈忠村缺席)

金勇（1979～　），生于吉林。1998年进入北京大学东语系，博士毕业后留校任教，现为北京大学外国语学院东南亚系教师。高中开始诗歌习作，作品散见于《诗刊》《诗林》等刊物及《未名湖》等民刊。曾获第三届未名诗歌奖。参加了《诗刊》社第二十七届“青春诗会”。

提速的羊群

金　勇

高速公路上，有人赶着羊群
无辜的白，多余的白，柔软的白——
土地的分泌物——漂浮在柏油沥青上
唱着鞭子听不懂的歌。
它们的草房子烧着火，红色凶猛
一下子就吞下那么多脸
看不清的面孔在火中跳着舞
而火苗拥有白色的心。
羊群被时代点燃了屁股，提速
提起裤子，再提速——
投入火一样的时代
无论站着还是跪着，不容置疑
它们追上机器的齿轮，越过童话边境
整齐划一，像三尺飘展的白绫

密集地进入历史，而不是云——
天上的白色静止不动，不藏悲也不见喜
像剧场里的文明看客，嘴里
谴责，又怕人听见。
偶尔，在蚊子一般的嘤嘤媚叫中
也有过言辞激烈。比如
最慢的那一只被鞭子打出了戾气
呼唤狼群带上锋利的牙，
从自己的怯懦吃起
它希望方向突然颠倒，或者就变成一头狼
从黑暗中冲出，冲向头羊，让它减速
让羊群踩着移动的棉花
让每一头羊都能喂得到皮鞭

提速的羊群

高速公路上，有人赶着羊群
无辜的白，多余的白，柔软的白——
土地的分泌物——漂浮在柏油沥青上
唱着鞭子听不懂的歌
它们的草房子烧着火，红色凶猛
一下子就吞下那么多脸
看不清的面孔在火中跳着舞
而火苗拥有白色的心
羊群被时代点燃了屁股，提速
提起辫子，再提速——
投入火一样的时代
无论站着还是跪着，不容置疑
它们追上机器的齿轮，越过童话边境
整齐划一，像三尺飘展的白绫
密集地进入历史，而不是云——
天上的白色静止不动，不藏悲、也不见喜
像剧场里的文明看客，嘴里
谴责，又怕人听见

偶尔；在蚊子一般的嘤嘤媚叫中
也有过言辞激烈。比如
最慢的那一只被鞭子打出了戾气
呼唤狼群带上锋利的牙
从自己的怯懦吃起
它希望方向突然颠倒，或者就变成一头狼
从黑暗中冲出，冲向头羊，让它减速
让羊群踩着移动的棉花
让每一头羊都能喂得到皮鞭

诗人档案

杨晓芸（1971～　），女，生于四川绵阳。诗人，画家。作品散见于《诗刊》《人民文学》《星星》《飞地》等刊物及部分诗歌年度选本。著个人诗集《乐果》(2016，长江文艺出版社)。曾参加《诗刊》社第二十七届"青春诗会"。

今日阴

杨晓芸

海市蜃楼里辗转。
雨裹微粒的漂浮带，蒙眼
嘶吼的男神。
短信发向晦暗不明的未来。

乱流之黑压压人群，如油布翻卷；我想到
油布的可燃性。
低空沉滞雾霾，近似于道德的灰。

今日陰

海市蜃樓里輾轉、雨霧微粒的漂浮
華、燈影嘶喊的男神、短信發向晦
晴不明的未來、亂流、黑壓壓人群
如油布翻卷、我想到油布的可燃性、
低空沉滯霧霾、正以手術刀的壓、

庚子夏曉芸書於綿州

楊曉芸

诗人档案

徐源（1980~ ），穿青人，生于贵州省纳雍县。中国作家协会会员。参加了《诗刊》社第二十七届“青春诗会”，曾获《扬子江》诗刊第四届扬子江年度青年诗人奖等奖项。著有诗集和散文诗集多部。

人格面具

徐　源

比如，我的身体里
奔驰十列愤怒的火车
却在清晨，关掉手机
安静地拆卸曾经战栗的枕木；
比如，我已拥有原野
广阔迷人的忧郁
却在一株草叶上，流连忘返
度过卑小的欢愉；比如
我的灵魂，已在故乡
傩戏的欣狂中获得慰藉
身躯却在城市的文明里
经受引诱；比如，我看到的世界
人来人往，车水马龙
其实它一直像断掉琴弦的吉他

那么安静，那么孤独。
比如，从我的脸开始
揭掉虚构的皮肤
揭掉一层，再揭掉一层
直到我爱的人们看到我，干净的骨头。
比如，这一切像电影
让黑暗再黑一点吧！投影光下
站起身，我突然看到自己的影子
生活在银幕上。

比如我身體里奔馳十列憤怒的火車却在清晨關
掉手機安靜地折却曾經戰栗的枕木比如我已擁
有原野廣闊迷人的憂鬱却在一株草葉上流連忘
返度過卑小的歡愉比如我的靈魂已在故鄉遊戲
的欣狂中獲得慰藉身軀却在城市文明里經受引
誘比如我看到的世界人來人往車水馬龍其實它

一直像斷掉琴弦的吉他那麼安靜那麼孤獨比如
從我的臉開始揭掉虛構的皮膚揭掉一層再揭掉一
層直到我愛的人們看到我干淨的骨頭比如這一
切像電影讓黑暗再黑一點吧投影從下站起身我
究竟看到自己的影子生活在銀幕上
人格面具

徐源詩冊書

梦野（1974~　），陕北神木人。中国作家协会会员。在《人民日报》《光明日报》《人民文学》《诗刊》《十月》等报刊发表大量作品。主要作品有诗集《在北京醒来》，散文集《水在河床停下来》，评论集《生活像个侵略者》。两届柳青文学奖得主。参加了《诗刊》社第二十七届“青春诗会”。

红　军

梦　野

枪老了　成为山的一部分
挤满一双双草鞋
雨没有
下落的地方

炮旧了　化作水的质地
岸那样辽阔
老黄风没法
飞渡

黄河牵着太阳月亮星星
日夜翻滚
坡　洼　沟　峁
——

进入门缝

线装书躺下来　两个血字冒着热气
封面　解
封底　放

红军

梦野

牺牲了　成为山的一部分
挤满了一双双草鞋
雨没有
下落的地方

炮响了　比冰水的后地
岸那桥边阔
是寒风没法
飞渡

黄河拿着太阳　月亮　星星
日夜翻滚

坡陡沟窄

——进入门缝

线装书躺下来 两个回字正冒着热气

封面 红

封底 放

抄录2011年第12期《诗刊》青春诗会专号

花语（1972~　），祖籍湖北仙桃。诗人、画家。参加了《诗刊》社第二十七届“青春诗会”。获2018华语十佳诗人奖、2018首届《安徽诗人》年度优秀诗人奖、2018第三届中国（佛山）长诗奖、2017首届海燕诗歌奖、《西北军事文学》2012年度优秀诗人奖、2001至2010“中国网络十佳诗人”奖等奖项。著有诗集《没有人知道我风沙满袖》《扣响黎明的花语》《越梦》。居北京。

如果我一定要掉眼泪

花　语

我是一个从小缺少家庭温暖的孩子
我几乎记不得母亲的怀抱，怎么算撒娇
父亲的膝下，长不长杂草

那个当兵的爹，扎军用皮带
穿马靴，一脸的威严
他的军用手枪常常搁在枕头底下
他站在部队的操场上，吼一嗓子
院里那些春天的杨树叶，都会掉下几片

好在我不像弟弟
经常要想着办法躲避不及格带来的灾难
因为父亲是一个打了你
还不许你哭的人

所以，无论遇到什么
我都不哭
如果我一定要掉眼泪
那是因为我太疼

如果我一定要掉眼泪

我是一个从小缺少家庭温暖的孩子
我几乎记不得母亲的怀抱，怎么算撒娇
父亲的膝下，长不长杂草

那个当兵的爹，扎军用皮带
穿马靴，一脸的威严
他的军用手枪常常搁在枕头底下
他站在部队的操场上，吼一嗓子
院里那些春天的杨树叶，都会掉下几片

好在我不像弟弟
经常要想着办法躲避不及格带来的灾难
因为父亲是一个打了你

还不许你哭的人
所以，无论遇到什么
我都不哭
如果我一定要掉眼泪
那是因为我太疼

2020 7 11 花语

诗人档案

王琪（1973~ ），陕西华阴人。中国作家协会会员。曾出席第九次全国作代会，参加《诗刊》社第二十七届“青春诗会”。曾获陕西省作协2014年度文学奖、《诗刊》社第三届刘伯温诗歌奖提名奖。出版诗集《远去的罗敷河》《落在低处》《秦地之东》等。现居西安。

致槭树

王　琪

哪儿都不想去
离开河道前，天色渐暗
坐在坡顶上的人
看山谷空阔
那一排槭树开得正旺
如果相遇是必然的
谁还肯丢下一地狗尾巴草
让少有人至的庭园
独自成全这秋景之美

我安于静寂
不歌唱，不低吟
让长着翅膀的欲望
结为一枚蒴果

原谅我曾过于痴狂
仅凭这大片的红叶渲染
力度还不够
我要让路上的行人
看见你眼角的忧郁，在日暮里
像火焰一般，烂漫

致槭树

王琨

哪儿都不想去
离开河西前，天色渐暗
坐在坡顶上的人
看山谷空阔
那一排槭树开得正旺
如果相遇是必然的
谁还肯丢下一地狗尾巴草
让少有人至的庭园
独自成全这秋季之美

我安于静寂
不歌唱，不低吟
让长着翅膀的欲望
结为一枚蒴果
原谅我曾过于骄纵

仅凭这大片的红叶渲染
力度还不够
我要让路上的行人
看见你眼角的忧郁，在日暮里
像火焰一般，烂漫

原载于《诗刊》2011.12期第27届青春诗会专辑

万小雪（1971～　），女，甘肃天水人。中国作家协会会员。2011年参加《诗刊》社第二十七届“青春诗会”。先后在《诗刊》《飞天》《诗选刊》《星星》《绿风》《黄河文学》等多种报刊发表作品多篇（首）。作品多次入选《中国作协优秀诗选》和《中国年度最佳诗歌》等诗歌选集。作品曾获《飞天》十年文学奖、第三、四、五届甘肃黄河文学奖等奖项。出版诗集《蓝雪》《带翅膀的雨》《一个人的河流》《沙上的真理》《西域记》五部。

清风洗尘

万小雪

那天，临风洗浴，我触摸到了金子的柔软和卑微
触摸到了一片山河的低垂——

遍地的沙子　亮晃晃的　书写大风中的经书
每颗举着一枚锯齿形的小刀　刀刃里
有河流般的皱纹　像一群人的疼那样
沉默如金——

而密密麻麻之外，军队一样前行的沙
更多地为我呈现　果断　决绝　饱和
丰盈得让人心碎。我隔着一颗　和另一颗
我隔着薄薄的尘世啊——

……金黄的头颅　善良的目光　在这河西的金秋

我隔着左手的沙尘　右手的风暴
看见你如海水般流淌的微笑，临风洗浴
命运又一次为我备下：
金丝线的步履　银丝线的墓地
日月转换之间
——我隔着薄薄的你啊！

那天，临风洗浴，我触摸到你胸膛里
黄金的广阔和无垠——
那些锯齿形的睡眠　淡淡的　负载我的哀愁
那些吸纳了阳光和月光的爱
沙沙　沙沙地　泛起无边寂静的漩涡

清风流云

石小雪

那天，临风沐浴，我触摸到了金子的
柔软和单纯
触摸到了一片小河的凝重——

遍地的沙子，亮晶晶的，求以大
风来的经书
每颗举着一枚钻石形的小刀，刀刃上
有河流被削的皱纹，像一群人的疼
那样
沉默如金——

而密密麻麻之外，军队一样前行
的沙
更多地为我呈现：果断、决绝、绝知
丰盛得让人心碎。我隔着一颗，
和另一颗
我隔着薄薄的尘世啊——

……金黄的头发，善良的阳光，在阿南
闹金秋
我隔着千年的沙尘，千年的风暴
看见你如海水般流淌的微笑，临
风沐浴，命运又一次为我备下：
金丝绸的亭殿，银丝线的墓地
日月轮换之间
——我隔着零落的你啊！

那天，临风沐浴，我能摸到你的胸膛
黄金的广阔和无垠——
那些镀金标的睡眠，淡淡的，负
载着我的哀愁
那些吸纳了阳光和月光的爱
沙沙、沙沙地，泛起无边寂静的爱

诗人档案

青蓝格格（1974~　），女，内蒙古人。中国作家协会会员。全国公安文联签约作家。作品散见《人民文学》《中国作家》《诗刊》等多种报刊及年度选本。曾参加《诗刊》社第二十七届"青春诗会"。鲁迅文学院第三十六届高研班学员。著有诗集《如果是琥珀》《石头里的教堂》《预审笔记》。

如果哀伤也是一团火

青蓝格格

如果哀伤也是一团火，
那么只有哀伤才能将它扑灭。
我看见哀伤了，它像
月亮的遗体，闯入
我，亲爱的生活。它叫我
亲爱的，放肆地叫、呢喃地叫，
仿佛我，蓝眼睛的情人，
蹂躏着我。它的
到来，总是这样，灼热。
它命令我，不要睡着，要醒着；
它祈求我，爱它时要如
一团火。有时，它也不看
我——哪怕，一瞥。
它佯装庄严，掩饰放浪；

它在花开之时，等待花落。
如果它将我与不朽
连接在一起，它就错了。
我就是一团火，
谁将我点燃，谁就得将我——
扑灭。

如果哀傷也是一团火
如果哀傷也是一团火
那只有哀傷才能將
它扑灭
它叫我親爱的
放肆地叫呢喃地叫
仿佛我蓝眼睛的情
人蹂躏着我它的
到末总是這样的
热它命令我不要

睡着 它祈求我
爱它如一团火
它在开花之时等
待花落
如果它将我与不
朽连在一起
它就错了我只是
一团火

庚子夏日
青蓝

苏宁（1971～　），女，江苏淮安人。参加《诗刊》社第二十七届“青春诗会”。主要作品有诗集《栖息地》，小说《地泽临》《次要经历》《客人》《生存联盟》《乡村孤儿院》《平民之城》等，散文集《消失的村庄》《我住的城市》。曾获第十一届《十月》文学奖、首届黄河文学双年奖特等奖、江苏省第四届紫金山文学奖、台湾第五十八届文艺奖章等奖项。现居淮安。

山有木兮若我

苏　宁

山间河岸往返多年
我想我亦必有一个与草木平辈的小名

用这小名唤我的，她当年一头乌发已白
我怎样才能够让一段终将被忘掉的时光
比肉身慢一些消失于漫漫纪年

……在不会移动的人间器物，与不停流动的光阴中
……在很多只是听凭感性召唤而没有沉思的路口

重复古老命运的女人，那么多长夜
我手抚一切清澈的词语，比如永恒
过去的一天，一些不必记取的事件

相看多年，山有木兮若我
拱手一揖，你我同为时光中会消失的事物

山有木兮若我

苏宁

山间河岸　往返多年
我想我亦必有一个与草木平辈的小名

用这小名唤我的，她当年一头乌发已白
我这样才能够让一段终将被忘掉的时光
比肉身慢一些消失于漫漫几年。

……在不会移动的人间器物，与不停流动的
光阴中
……在很多只是为伤感性命没有沉思的路口。

重复古老命运的女人　用很多长夜
我争抗一些清澈的词语，比如永恒
过去的一天，一些不必记取的事件

相看多年，山有木兮若我
执手一揖，你我同为时光中会消失的事物

张幸福（1973~2020），福建霞浦人。诗歌作品散见于《诗刊》《星星》《诗选刊》《诗歌报月刊》等十几种刊物。获过1997年《诗神》杯全国新诗大奖赛校园诗人奖等奖项（组诗《水手》）。著有诗集《阳光青青》(中国作家出版社1997年出版)。2011年参加《诗刊》社第二十七届“青春诗会”。作品入选《2006年中国诗歌精选》《2011年中国诗歌精选》《2011年中国诗歌排行榜》等年度选本。

百合花中燃烧着一座大海

张幸福

一朵，两朵，一群的百合花，
站立在遒劲的树枝上。
她们呼喊，她们欢笑，她们哭泣。

当我的手指滑过她们娇嫩的肌肤，
微微的香气诱惑了我整整一生。
姐姐般的百合花啊，
为何你的消失会如此迅疾，
从此枯萎在时间的深处？

在沉默中，在大风里
我是你悄悄深藏起的一座浩瀚的大海，
那里有一粒粒渔村，两个岛屿和一首歌，
那里有人死去又有人跳舞。

姐姐般的百合花，
我多么愿意成为你心脏中深藏的燃烧的大海。

百合花中燃烧着一座大海

张幸福

一朵，两朵，一群的百合花，
站在在遒劲的树枝上。
她们呼喊，她们欢笑，她们哭泣。

当我的手指滑过她们娇嫩的肌肤，
微微的香气诱惑了我整整一生。
姐姐般的百合花啊，
为何你的消失会如此迅疾，
从此枯萎在时间的深处？

在波涛中，在大风里
我是你满满深藏着的一座浩瀚的大海，
那里有一粒粒渔村，两个岛屿和一首歌，
那里有人死去和有人跳舞。

姐姐般的百合花，
我多么愿意成为你心脏中深藏的燃烧的大海

诗人档案

秦兴威（1983~　），河南兰考人。曾在《诗刊》《诗林》等刊物发表诗作若干。2011 年参加《诗刊》社第二十七届“青春诗会”。现居北京。

傍　晚

秦兴威

灰白、无云的天空，落日惨淡
雪光反射出黄昏的静寂
这雪是越来越苍老了
母亲也是，这冻裂的泥土也是
父亲被埋葬后的某个午后
孩子们在空旷的雪野里陷入沉思
——视线里的景物丢失
母亲求助似的仰望着天空

傍晚

灰白、无云的天空，落日惨淡
雪光反射出黄昏的静寂
这雪是越来越苍老了
母亲也是，这冻裂的泥土也是
父亲被埋葬后的某个午后
孩子们在空旷的雪野里陷入沉思
——视线里的景物丢失
母亲，求助似的仰望着天空

廖兴威 2022年6月

诗人档案

纯玻璃（1971～ ），本名汪玉萍，出生于湖北黄冈。现居北京。中国作家协会会员。曾参加《诗刊》社第二十七届“青春诗会”。在首届网易网诗歌大赛中获一等奖。作品散见《人民日报》《诗刊》《中国艺术报》《诗歌月刊》等国内外报刊和各种诗歌选本。出版诗集《花开花谢》《活在自己的手纹里》《园》。

风在吹

纯玻璃

一个人站在午夜的寂寞广场
风从四面八方吹来，城市晃了一下

她看见白色的气球，飞进了月亮
桂枝长到地下，丛林里，女巫似睡非睡
所有的树梢向左倾斜，那时风在吹

风从很远的地方网着黑暗
迅速袭来，又缓慢散开
一紧一松之间，白色的巨鸟
褪下了片片羽毛，风轻轻托起它们
像托住一个刚出生的婴儿

尖叫的风，不停地向黑暗深处滑行
它用危险的风向，让我漂浮于夜的湖上

風在吹

純玻璃

一个人站在午夜的寂寞廣場
風從四面八方吹來，城市晃了一下

她看見白色的氣球，飛進了月亮
桂枝長到地下，叢林里，女巫似睡非睡
所有的樹梢向左傾斜，那時風在吹

風從很遠的地方网着黑暗
迅速襲來，又緩慢散開
一緊一鬆之間，白色的巨鳥
褪下了片片羽毛，風輕輕地托起它们
像托住了一个剛出生的嬰兒

尖叫的風，不停地在向黑暗深處滑行
它用危險的風向，讓我飄浮於夜的湖上

诗人档案

马累（1973~ ），本名张东，生于山东淄博。曾获《诗神》诗歌奖、《人民文学》青春中国诗歌奖、红高粱诗歌奖、山东文学奖、第三届博鳌国际诗歌奖等奖项。参加了《诗刊》社第二十七届“青春诗会”。出版诗集《纸上的安静》《内部的雪》等三部。

乌 鸦

马 累

有一年冬天，在故乡
的堂屋前，我看见一只乌鸦，
像一只迅疾的黑箭，
穿过瑟瑟的桐枝。
我听见短促而决绝的鸦鸣
压过了桐枝断裂的声响。

有一次，在梦中流泪，
我不敢醒来。
我怕再也回不到童年，
我怕再也见不到
那只追踪人类秘密的乌鸦，
遗落在雪堆边的小尸体。

古中国的烈士之风啊，你引领我，
弱冠轻死的万物啊，你告诉我。

如今多少年过去了，
我耐心地生活，安静、感恩，
是否只为那不期而遇的一瞬间，
只为那回应我心灵的
最简单的一记回声。

乌鸦

马累

在黄昏，乌鸦的哀鸣
总有它不可言喻的寓意。
我只是惊异于它的耐心与
小心翼翼。
在每一个自由无羁、
缓缓失去的黄昏，回望
无限空虚的晚霞的时候。

抄录于2020.6.10. 淄博.

冀沪青春路，诗意二重奏

——《诗刊》社第二十七届“青春诗会”侧记

彭 敏 黄尚恩

2011年10月21日，北京市朝阳区长虹桥东北角，平日里清静宁谧的文联大楼10层，这一天早早地就开始人来人往、笑语喧哗。作为第二十七届“青春诗会”的集结地，《诗刊》编辑部这几间朴素而显得拥挤的小屋，就像一块磁性十足的磁铁，吸引着来自天南海北怀揣诗歌梦想的14位青年诗人。

出发的时间定在午后一点，一辆蓝色的大客车像一个等待约会的青年，安静地停在院门口。一点整，人员到齐，满载着一车诗情画意、一车欢声笑语的大客车，轰隆隆汇入京城熙来攘往的车流，直奔河北省唐山市滦南县而去。

一路无话。趁着漫漫长途，正好介绍一下参加此次“青春诗会”的各路人马。他们是：中国作协党组成员、副主席、书记处书记、《诗刊》主编高洪波，鲁迅文学院原常务副院长雷抒雁，《诗刊》常务副主编李小雨，《诗刊》副主编冯秋子，《诗刊·上半月刊》编辑部副主任杨志学，《诗刊·下半月刊》编辑部副主任谢建平，中国作协秘书处王志祥，《诗刊》编辑蓝野、唐力、赵四、娜仁琪琪格、彭敏，《文艺报》青年记者黄尚恩。荣登本届“青春诗会”的14位青年诗人是：陈忠村、纯玻璃、

第二十七届“青春诗会”期间，一行人合影。左起：万小雪、大卫、马累、纯玻璃、花语、青蓝格格、梦野、张幸福

花语、金勇、马累、梦野、秦兴威、青蓝格格、苏宁、万小雪、王琪、徐源、杨晓芸、张幸福。他们当中，有大公司高管，有民营企业家，有中学语文教师，还有城市快递员。正是诗歌这样一条人类共通的精神纽带，让各行业、各社会阶层的人们欢聚一堂、把手言欢。

本届“青春诗会”分滦南和上海两地举行，像一出大戏分为上下两场。这在“青春诗会”历史上属首次，也是本届诗会的一大特点。因此，本文的记述也分为上下两篇。

上篇：建设人类的精神家园

22日上午9点，举行了本次“青春诗会”的开幕式。开幕式由《诗刊》常务副主编李小雨主持。中共滦南县委书记张国栋向与会人员介绍了滦南县灿烂的历史文化传统和繁荣的经济社会发展现状。他说，近年来，“文化滦南”建设已经成为政府工作的重要一环。在滦南县举办第二十七届“青春诗会”，是学习贯彻落实党的十七届六中全会精神的一次具体行动，一定会更加激荡起滦南文化发展建设的激情与梦想。

《诗刊》主编高洪波说，“青春诗会”是全面展示青年诗人的精神风貌、美学追求和人生态度的一个综合性的诗歌平台，一批重要的诗人借助于这艘船驶向了自己诗歌事业的顶峰。诗歌的本质属于青年，属于朝气与激情、热血与锋芒。希望青年诗人们心存感恩、懂得敬畏、保持自信、虚心求教、广泛交流，写出一批具有时代强音、雅俗共赏的好诗篇。

诗会期间，著名诗人雷抒雁、张学梦就当前诗歌创作现状和诗人的文化素养、自身定位等问题，与青年诗人们进行了深入的探讨。雷抒雁就自己的创作和阅读体会说到，现在的诗人总是把自己排除在历史和事件之外，写出来的诗歌感情冷淡，无法深刻地感染别人。他希望青年诗人们在写作中将自己视为事件的亲历者，把整个的心灵渗透进去。另外，诗人有创作的自由，但是这个自由必须有一定的约束，否则就不是艺术，而这个约束的尺度，就要靠诗人的自觉，这跟诗人的“内力”、修养等有很密切的关系。因此，他希望诗人多读书，提高自己对文字的理解和驾驭能力，同时多与别人交流，以扩大自己的视野。张学梦则提醒青年诗人们，在诗歌写作中，除了注意诗歌的技巧、诗歌的文字，还应该特别关注诗歌的思想。诗人自我定位应该高一些，诗人的最高使命，是和大神学家、大政治家、大思想家一样，建立起人类的精神家园。诗人可以歌唱个体的存在、欲望、焦虑、忧伤，真正把人的形象立起来，也可以用一种世界公民的情怀，为全人类歌唱，做一个胸怀宽阔的诗人。

对青年诗人们所提交的诗作进行讨论、修改，是“青春诗会”的主要内容。《诗刊》常务副主编李小雨对当前诗歌创作中所存在的种种问题进行了高屋建瓴式的诊断和梳理。她说，现在的诗歌很多写的是一缕小哀伤、一点小感动，不能复杂地表达内在生活体验，缺乏反思批判精神，所以，虽然诗人想象力很丰富、诗歌技巧非常纯熟，但是作品没有生命力。特别是在乡土诗歌、打工诗歌和地域性诗歌的写作中，要特别警惕自己的话语，不要被雷同化、类型化。在乡土写作中，诗人们不能总是以一种浅抒情的笔调去想象记忆中的美好农村，而应该依托于鲜活的乡土经验，反映出农村现实的变化发展；在打工诗歌中，不要用千篇一律的语言去控诉城市的冷漠、描述自己的空虚，而应用一种人性化的眼光打量打工生活中的一切意象，写出其中所隐含的人性起落；在地域性写作中，虽然地域性的东西能在某种程度上遮掩写作者诗歌艺术上的弊病，但真要写出好作品，背后仍然需要我们作为诗人对于生活的内在把握。

在交流活动中，与会的青年诗人们也纷纷表达了自己的诗歌观念。在陈忠村看来，诗歌是用无生命的文字组成有生命带脊梁的诗句，用来满足自我心灵的颤动，把读者带入一个不用眼看而用心在翱翔的境界。金勇则说，诗歌可以化解我们的戾气，战胜虚无，设置美的陷阱。他认为诗歌的价值不在于诗人选择了什么样的题材，而要看诗人将某一题材处理得怎么样。秦兴威则强调诗歌一定要真实反映出自我内心的困惑和挣扎。

诗会期间合影。从左至右：花语、马累、纯玻璃、陈忠村、王琪

交流活动后，诗人们还欣赏了冀东文艺“三枝花”（评剧、皮影、乐亭大鼓）演出，参观了成兆才纪念园、评剧博物馆，亲身感受了冀东深厚的文化底蕴；潘家戴庄惨案纪念馆，又让人深深

震撼。作为本次活动的承办方之滦南县“文心诗社”的社长王文心（曾参加第二十五届“青春诗会”）全程陪同，不时为大家“指点江山”，娓娓叙谈，客串了一回导游的角色。

游完滦南，再游唐山

一提起唐山，人们首先想到的便是35年前那场惨痛的大地震。参观唐山地震遗址公园，给了我们很大的触动。与普通的公园一样，那里也有流水潺潺、草木蓊郁、鸟鸣虫唱，也有设计感很强的建筑和长相奇特的大石头，但最撩人眼目的，则是那次地震后遗留下来的几堵断壁残垣，它们携带着历史的风尘和沧桑，默默地站立在深秋的阳光中。如果说那几道残墙让我们忍不住伤怀吊古，那么长达三百余米、刻满了24万罹难者姓名的地震纪念墙，则让我们肃然起敬，感慨唏嘘。

历史的沧桑掩不住时代的风华。如今的唐山，早已从当年的灾难中走出来，步入更加繁盛的发展轨道。离开遗址公园，我们来到南湖生态公园。汽车沿着蜿蜒的路径穿过成片的树林，沿途花事横斜、鸟声低小、湖水参差、微风徐来，人还未下车，先已有了几分心神迷醉。我们三五成群地登上凤凰台仰眺俯观，但见远山近水尽态极妍，粗栏小栅婉约多姿，令人三步一驻足、五步一回首，心神眼目完全应接不暇。据导游介绍，南湖生态公园原本是一大片因采煤而形成的塌陷区，多年来荒草丛集、污水纵漫、人迹罕至，后经市政改造，这才成了如今这般景象。至于我们登临的凤凰台，从前则是一座垃圾山。

湖山胜景的前世今生，让我们在游览之余大为感慨。昔日毫不起眼的废墟之上，生长出了多少灿烂光华的事物！世界昼夜不息地向前发展，我们忽然觉得过眼的每一处寻常江山都焕发出强烈的诗意。

除了外出采风、到山川草木当中寻找诗情画意，“青春诗会”的全部谈稿、改稿活动也在抓紧时间、严肃认真地进行着。14位学员分属七位辅导老师，从见面的第一天起，学员和编辑老师之间、学员和学员之间的交流探讨就在如火如荼地持续着。14位青年诗人风格各异，创作水平也难免参差不齐，有的诗人作品轻松过关无须增删，有的则可能反复磋磨、一改再改。为了打造出一期尽量完美的“青春诗会”专号，编辑和学员们都是殚精竭虑、精益求精。因活动行程安排得较紧，诗人夜以继日地加班加点改稿，都是常有的事。

这么多青春鼎盛的诗人聚在一起，自然会是欢声笑语不断，逸闻趣事一堆。这其中特别值得一提的是，山东诗人马累的一首小诗，把14位青年诗人的名字都嵌了进去。

话说某日晚餐过后，是主办方安排的联欢晚会。因酒足饭饱之后哈欠连连，有一部分人本已陆陆续续地回房休息，马累就是其中一个。没多久，电话响起，那边正在歌声震天，要马累也赶紧下去表演节目。马累想想唱歌谁都会，不如即兴写首诗吧。于是短短十几分钟时间挥毫落纸，一首小诗呱呱坠地。此处仅以其中一段以飨读者（感兴趣的读者不妨去他博客上阅读全诗）：

之后我们一起去苏宁买东西，
天上飘着（杨）小（晓）芸，不久以后，
还会飘起（万）小雪，管他呢，
反正我买了（秦）兴威牌剃须刀，
谁用我也不给。回来的时候，
我们看见一群孩子在墙上画着
青蓝色的格格，我知道，
今夜我会依然入梦，
在那安静的梦野上，一定会
长满纯玻璃般的万物。

单是这首诗还不够绝，更绝的是，先是马累本人，接着张幸福、王琪、杨晓芸，分别用各自的方言把这首诗朗诵了一遍。那情景，或如鸟声虫唱，或如环珮叮当，无比声情并茂，极尽顿挫抑扬。一言以蔽之：真是太有才了！

下篇：红色源头，盛世华章

倏忽几日，一晃而过。

按照行程，我们一班人马必须在25日上午11点之前赶到北京南站搭高铁转赴上海，出发的时间定在早上5点30分。来滦南的次日清晨，我们推开窗一看，天地间白茫茫一片，如果出发那日也是如此这般大雾漫天，路上的安全可就成了问题。为此，《诗刊》社几位领导斟酌万端地合计了好一阵，制定出了好几套方案来应对可能出现的麻烦，以确保万无一失。幸运的是，到了25日清晨，天公作美，在滦南本来是相当常见的大雾天气竟然一时间销声匿迹，让我们得以畅通无阻地驶向北京。

中国作协主席团委员、原党组副书记王巨才等人，未能参加第一阶段在滦南的活动，这时却与大家会合同赴上海。

火车哐当当驶过漫长的铁轨，像是反复敲打着大地的肋骨。5个多小时后，我们一行人来到了本次“青春诗会”的第二站——上海。

26日上午，本届“青春诗会”上海站开幕式隆重举行。王巨才同志在开幕式上表示，随着我国精神文明建设不断深入，社会对诗歌的期许越来越多、越来越强烈，希望青年诗人不断加强文化素养，创作出富有时代特征和民族气质的精品力作。他说，把“青春诗会”放在上海，是一个很好的学习机遇。这是一个英雄的城市，同时也是一个文化重镇，各种各样的文艺活动、诗歌活动十分活跃，希望大家能够在此受到启示与激励。

中共上海市委宣传部副部长陈东说，2011年是中国共产党建党90周年，而上海又是中共一大会议的召开之地，是红色的起点，是革命的源头，也是诞生诗歌的丰厚土壤。许多革命先烈的名篇佳作，至今还在穿越悠长时空打动一代代的读者。诗人应该从自我中走出来，面向广阔的社会生活，将万众瞩目的社会热点、重大事件纳入自己的写作，用诗人的才华，弘扬真善美，鞭笞假丑恶，激发人们向上、向善、向美的情绪。

上海市作协副主席赵丽宏说，第一届“青春诗会”召开时，他还在大学读书，当时还没有觉出这个活动的重要性，随后就显示了其巨大的影响力，希望参与诗会的诗人们，珍惜这次机会。谈到当今诗歌的现状，赵丽宏指出，有人认为当下的中国诗歌被遮蔽了，这不是真实的情况，如有许多渠道可以展现诗歌，现在短信里会传递一些小段子，若干年后说不定随着人们欣赏水平的提高，大家也会围在一起听诗，用手机传递诗歌。

因为高洪波主编在滦南之行后因公转赴他处，未能来上海。《诗刊》常务副主编李小雨宣读了他发来的贺信。高洪波在贺信里说，“青春诗会”在上海召开这是第一次，上海是我党的发源地，也是经济发达的国际化大都市，有着十分深厚的历史传统与文化内涵。上海有这么多人爱诗、关心诗、支持诗，这是诗歌的幸事。李小雨还详细介绍了“青春诗会”的历史，以及本届“青春诗会”14位青年诗人产生的过程。她说“青春诗会”当初开办的初衷，实质上就是一个学习会、改稿会与探讨会，希望诗人们抱着学习的态度，虚心听取各路专家与编辑的意见，通过这样一个采风活动的举行，能够为自己寻找到一条充满个性化的艺术之路，在诗歌的大路上不走弯路，不走偏路，把诗歌创作推向更加深入的境地。

主办单位之一的安徽水利开发股份有限公司常务副总经理许克顺，

向远道而来的诗人朋友们表示热烈的欢迎，并向大家介绍说，安徽水利开发股份有限公司于2003年4月15日在上海证券交易所挂牌上市，是一家融工程施工总承包、房地产综合开发、水电投资建设与运营等为一体的上市公司。近年来，公司承建了大批国家、省部级“高、精、尖”工程，先后荣获鲁班奖、国家银质工程奖和国家土木工程詹天佑奖等。公司之所以举办这个活动，把“青春诗会”的采风放在上海，是因为上海是我们党的发源地，又是公司的重要业务地，把优秀的革命传统和热火朝天、如诗如画的城市建设以及舞文弄墨的风雅情性结合在一起，更能彰显出一个企业的文化软实力。开幕式由同济大学副教授刘强博士主持。

下午的活动是在同济大学的专场朗诵会。同济大学宣传部和人文学院的领导发表了热情洋溢的欢迎词。可巧，人文学院院长孙周兴教授年轻时也曾是个诗人，而刘强博士更是声情并茂地朗诵了一首他原创的长诗。

诗歌与高校自五四新文化运动时期始，就结下了不解之缘。同济大学多年来也是文风鼎盛、诗人辈出。来自“同济诗社”的茱萸、安德，来自复旦大学的肖水，都朗诵了他们的得意之作。

看着东道主如此诗情勃发，远道而来的客人们自然也不甘示弱。陈忠村、马累、张幸福、杨晓芸、花语一众人等，纷纷上台用诗歌倾吐他们内心的声音。以诗会友的感觉真好！

27日是深入生活采风日。上午是参观东海大桥、洋山港。海上长风浩荡，超大型港口货如山积，一望无际；数十里长桥如蛟龙腾跃、鳞爪飞扬，让人感受到大上海巨大的活力和改革开放带来的变化。

晚上，大家与安徽水利开发股份有限公司的热情诗友们依依告别，浊酒一杯，友谊长存。至此，本届“青春诗会”收获满满地落下帷幕。